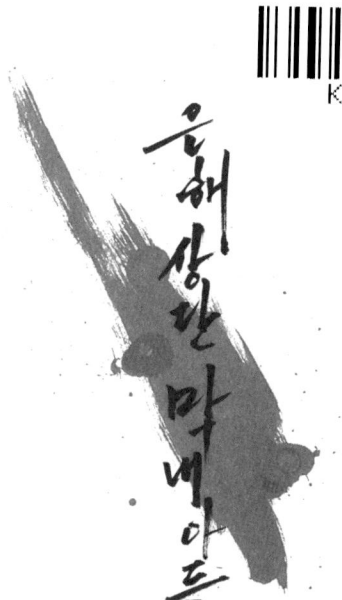

은해상단 막내아들 10

초판 1쇄 발행 2024년 3월 20일

지은이 ㅣ 향란
발행인 ㅣ 최원영
편집장 ㅣ 이호준
편집디자인 ㅣ 한방울
영업 ㅣ 김민원 조은걸

펴낸곳 ㅣ ㈜ 디앤씨미디어
등록 ㅣ 2002년 4월 25일 제20-260호
주소 ㅣ 서울시 구로구 디지털로 26길 111 JnK디지털타워 503호
전화 ㅣ 02-333-2513(대표)
팩시밀리 ㅣ 02-333-2514
E-mail ㅣ papy_dnc@dncmedia.co.kr
블로그 ㅣ blog.naver.com/gnpdl7

ISBN 979-11-364-5296-2 04810
ISBN 979-11-364-4602-2 (SET)

10

란 신무협 장편소설

PAPYRUS ORIENTAL FANTASY

은해상단 막내아들

PAPYRUS
파피루스

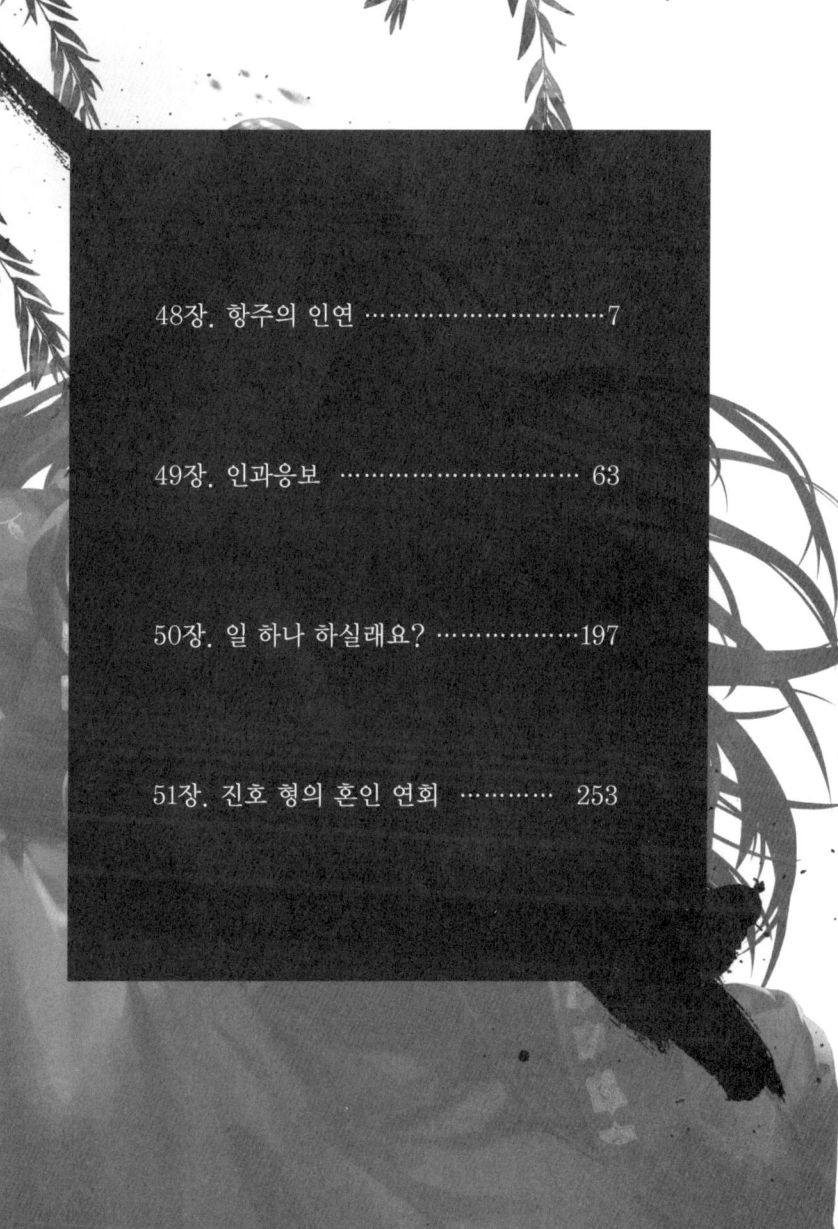

48장. 항주의 인연

항주의 인연

내 말에 지현은 말을 더듬었다.

"그, 그게 무슨 말씀입니까? 받아먹다니요."

"그럼 무슨 근거로 제가 드린 계약서의 인장이 가짜라고 하시는 겁니까?"

"그건……."

지현은 머뭇거릴 뿐, 대답하지 못했다.

"황제 폐하께서는 뇌물을 좀 많이 싫어하십니다. 그래서 전에 비단 납품 경합에서 궁인들에게 뇌물을 썼던 이들이 제법 고초를 당했었죠."

"……."

"심문 과정이…… 꽤나 잔혹했다고 들었습니다."

그 말에 지현의 얼굴이 사색이 되었다.

이제 슬슬 쐐기를 박아 볼까?

"뭐, 말씀하기 어려우시면 하지 않아도 됩니다. 어차피 조만간 황궁에 입궁해서 보고를 올려야 하거든요. 그 자리에서 지현 대인에 대한 조사를……."

"사, 살려 주십시오!"

내 말이 끝나기도 전에 지현은 그 자리에서 납작 엎드렸다.

그러고는 내 다리를 붙잡으며 필사적으로 말했다.

"제가 그만 눈이 어두워져서 받으면 안 되는 돈을 받았습니다!"

쯧쯧. 진작 이실직고할 것이지.

"제발 한 번만 살려 주십시오!"

일부러 조금 뜸을 들이다가 말했다.

"어차피 이 일에 대해서 보고는 해야 하니, 황제 폐하의 귀에 들어가는 건 어쩔 수 없습니다."

"아……."

"하지만, 목숨을 구할 방도를 알려드리겠습니다."

지현은 간절한 눈으로 나를 바라보았고, 나는 빙긋 웃으며 말했다.

"우선, 저 계약서가 진짜인지 가짜인지 제대로 판별하십시오. 그리고……."

"네, 네. 물론입니다. 그리고 뭘 더 하면 되겠습니까?"

"뇌물로 받은 돈에 대인의 재물을 더해 곡식을 사서 황궁으로 보내십시오. 그러면 목숨과 그 명예를 구할 수 있을 겁니다."

"꼭 그, 그렇게 해야 하는, 겁니까?"

"그럼 뇌물을 받지 마셨어야지요."

"……."

"명심하시는 게 좋을 겁니다."

"알겠습니다."

지현은 고개를 끄덕이면서도 망설이는 눈치였다.

하긴 그렇게 뇌물을 받아먹을 정도로 욕심 많은 인간이 전 재산을 포기하는 것을 쉽게 받아들일 수 없겠지.

하지만 목숨값으로는 싼 거 아닌가?

죽고 나면 그깟 돈이 무슨 의미가 있겠는가.

상당한 양의 곡식을 갑자기 바친다고 하면 폐하께서 무슨 일인지 모르실 리가 없다.

그가 내 제안을 따른다면 나는 황제 폐하께 선처를 부탁드릴 거다.

전 재산을 탈탈 털었다면 눈감아 주실 거다.

지현이 어떤 결정을 하건 내 알 바는 아니지.

살 길을 알려 주긴 했지만, 그걸 실행하는 건 본인이니까.

나는 내가 찾은 계약서가 진본이라는 것만 공증받으면 된다.

.
.
.

잠시 후,

나는 양양무관으로 돌아왔다.

곧바로 염 관주의 집무실로 향하면서 하 표두를 불러 달라고 했다.

곧 집무실에는 나와 두 분이 모였다.

"저, 어쩐 일로 모이라고 하신 겁니까?"

염 관주의 물음에 나는 내 품에서 진짜 계약서를 꺼내어 탁자 위에 놓았다.

"역시 제 생각대로였습니다. 진짜 계약서가 숨겨져 있었습니다."

"네?"

"진짜 계약서라고 하시면?"

"읽어 보십시오."

내가 종이를 내밀자, 두 분은 고개를 갸웃하고는 진짜 계약서를 읽기 시작했다.

"……!"

"……!"

그들의 눈이 부릅떠졌고, 깊은 침음성이 흘러나왔다.

"아, 아니."

"이런……."

어찌나 놀랐는지 제대로 말을 잇지 못하고 있었다.

두 분은 간신히 말을 꺼냈다.

"저는 이것에 대해 전혀 몰랐습니다."

"네, 그리고 궁주님께서도 모르셨던 것 같습니다. 아셨다면 이에 대해 말씀하셨을 텐데."

그렇겠지. 사부님이 이에 대해 알고 계셨다면 그리 근심 가득한 얼굴을 하지 않으셨을 테니까.

"뒷장의 서신을 보면, 전대 관주님께서는 전대 성 장주님의 부탁을 받고 이를 비밀로 해 주신 듯합니다."

"갑자기 돌아가신 탓에 제게 이에 대해 언질도 못 해 주신 거군요."

"그런 것 같습니다."

염 관주는 잠시 고민하다가 입을 열었다.

"하지만 아직 문제가 해결된 것은 아닙니다. 성 장주는 이 계약서가 진짜라는 것을 인정하지 않을 가능성이 큽니다."

"그 점도 이미 생각해 두었습니다. 그래서 이걸 준비했습니다."

나는 탁자 위에 두루마리 하나를 펼쳐서 올려놓았다. 이 계약서가 진본이라는 지현의 공증이다.

하 표두가 혀를 내둘렀다.

"허! 철저하시군요."

하지만 염 관주는 의아한 듯 내게 물었다.

"그런데 이걸 어떻게 받으신 겁니까? 제가 알기로 성 장주는 이미 지현을 구워삶았을 터인데……."

"다 방법이 있습니다."

내가 두루뭉술하게 답하자, 염 관주도 내 뜻을 이해하고는 고개를 끄덕였다.

"그렇군요. 하여튼 대단하십니다. 아무튼, 그럼 이 땅은 양양무관의 땅이라는 거군요."

"네, 맞습니다."

"그럼 이사하지 않아도 되는 겁니까?"

하지만 나는 그 질문에 답하지 않고, 스산하게 웃으며 말을 이었다.

"저는 이대로 좋게좋게 끝낼 생각이 없습니다. 이 일로 인해 마음고생 한 것에 대한 피해 보상은 받아 내야 하지 않겠습니까?"

"아닙니다. 저는 괜찮습니다."

염 관주가 웃으며 말했다.

"이 땅을 저희가 가지게 되며, 또한 이사할 필요가 없다는 것만으로도 저는 만족합니다."

하 표두도 그 말을 거들었다.

"맞습니다. 그리고 여기에 대해서 궁주님도 만족하실 겁니다."

나는 고개를 저었다.

"아닙니다. 저는 여기서 멈출 생각이 없습니다."

"그……."

염 관주의 말을 끊으며 나는 말을 이었다.

"제가 얻은 정보에 의하면, 성 장주는 양양무관이 전대 장주와 성가장의 은인이라는 것을 알고 있다고 하더군요."

"네?"

"그게 정말입니까?"

"그렇습니다. 그리고 돌아가신 선대 성 장주께서는 아들에게 누누이 말했다고 하더군요. 양양무관은 가문의 은인이니 잘 대해 달라고."

"……."

"그럼에도 성 장주는 양양무관을 내쫓으려고 했던 겁니다. 그런 성 장주가 너무 괘씸해서 넘어갈 수가 없습니다."

사정을 들은 염 관주와 하 표두의 얼굴이 어두워졌다.

"그래서 말인데, 새 건물 안 필요하십니까?"

"네?"

"건물이 낡아 보여서요."

내 말에 하 표두는 고개를 끄덕였다.

"그야…… 이 건물을 지은 지 십여 년이 넘었으니까요. 그리고 그리 썩 좋은 자재로 지은 것도 아니고요."

"그렇다면 이사 준비를 하십시오."

"네?"

"이사라니요?"

"원래 대어를 낚기 위해서는 기다림이 있어야 하는 법입니다."

내가 춘일을 통해 알아보기로 성 장주는 이곳에 팔 층짜리 주루 건물을 세운다고 했다.

그리고 별채도 여러 개 짓고, 아름다운 정원까지 꾸며놓겠다고 한다.

그 정도면 재건될 설풍궁의 기둥들이 성장할 곳으로 나

쓰지 않지.

나는 피식 웃었다.

그러니까 우리가 이사하는 건 성 장주가 '착각'을 하도록 돕는 것이다.

성 장주가 주루 건물에 공을 들이면 들일수록 우리에게 전혀 손해가 아니니까.

대신 그 건물에는 연무장으로 쓸 곳이 없을 테니, 이 옆의 땅을 좀 매입해서 연무장으로 써야겠군.

내가 명색이 사형 아닌가?

아이들을 위해서 그 정도는 기꺼이 기부할 수 있다.

하지만 이 일은 일 년 정도는 걸리는 일이다.

내가 계속 이곳에 있을 수는 없으니, 나를 대신해 일을 도맡아 처리할 사람이 필요하다는 의미.

팔갑에게 이곳의 일을 맡겨야 하나?

생긴 것이 곰처럼 생겨서 그렇지 사실 눈치도 빠르고 약삭빠를 땐 누구보다 잽싸다.

하지만, 팔갑이 없으면 나를 보필해 줄 사람이 없는데.

아직 시간이 있으니, 지금은 다른 일에 집중해야지.

* * *

솔직히 중원의 다른 호수와 비교했을 때, 서호는 그리 큰 호수는 아니다.

하지만 그 풍경이 절경이었기에 수많은 이들이 이 풍경

을 감상하기 위해 오는 것이다.

항주 거리의 한 포목점.

오늘도 그곳은 성업 중이었다.

"이게 이번에 새로 들여온 비단입니다. 염색이 무척 잘되어 있습니다. 얼룩 하나 없죠."

"어머? 고와라……."

"이 쪽빛 치마에 금실로 수를 놓고, 다홍색 저고리를 갖춰 입으면 얼마나 돋보이겠습니까?"

"그, 그렇겠죠?"

"지나가던 사내들이 그냥 지나가지 못할 겁니다."

"살게요."

서호 근처 포목점의 주 고객은 주루의 여인들이었고, 그녀들에게 이곳 '은득포목점(恩得布木店)'은 제법 유명한 곳이었다.

이곳은 그리 역사가 오래된 곳은 아니었다.

불과 사 년 전, 현 포목점의 주인인 위준덕이라는 이가 기존 상점을 인수해 포목점을 열었다.

처음에는 지금보다 훨씬 작았지만, 불과 사 년 만에 배이상 커진 것이다.

손님들이 몰릴 시간이 지나고, 위준덕은 잠시 가게를 나왔다.

"잠시 나갔다 오마."

"네, 다녀오십시오. 행수 어르신."

위준덕이 웃으며 손을 내저었다.

"허허, 이제 행수가 아니래도."

"근데 이게 입버릇이 되어서……."

"하긴, 십여 년 이상을 그리 불러왔으니……. 그럼 다녀오마."

"네."

위준덕은 포목점을 나와 길을 걸었다.

"벌써 세월이 이리도 빨리 지나갔구나!"

약 사 년 전만 하더라도 그의 인생은 바람 앞의 등불과 같았었다.

동씨상단의 행수로서 동씨상단주의 둘째 아들과 상행을 하던 도중에 동씨상단이 풍비박산이 났다는 날벼락 같은 소식을 들었다.

동씨상단주가 진우림 상단주를 암살하려다가 발각되었고 진노한 황제의 명에 의해 그리된 것이다.

하지만 몸을 숨기고 훗날을 도모하자는 그의 간언에도 동씨상단주의 둘째 아들 동우역은 끝내 일을 저질러 버렸다.

황제의 명을 받아 북경으로 가던 은해상단 일행을 해하기 위해 폭천뢰를 쓴 거다.

그리고,

숨어 있던 숲속에서 만났던 인물, 은서호.

그가 자신에게 기회를 준 것은 그의 변덕이었을지도 모른다.

하지만 그는 약속을 지켰다.

정말 그 이후로 그 어떤 관군의 추격도 없었으니까.

덕분에 자신은 살아남아 이곳까지 올 수 있었다.

앞으로 무엇을 해야 할지 고민하다가 포목점을 차렸다.

솔직히 평생 포목만 다루며 살아왔는데, 이제 와서 다른 것을 하려니 앞이 막막했기 때문이다.

그리고 포목점의 상호명을 은득(恩得)이라고 지었다.

은혜를 입었다는 의미.

그가 이렇게 살아 있는 건 은서호가 베푼 은혜 덕분이었으니까.

이곳 절강성 항주에 자리를 잡은 건 별다른 이유는 없었다.

강소성을 기반으로 활동했었기에 그와 비슷한 절강성으로 온 것이다.

"음……."

위준덕은 천천히 길을 걸었다.

누가 보면 할 일 없이 그냥 길을 걷는 것처럼 보이겠지만, 이것 역시 상점을 위한 그의 노력 중 하나이다.

미묘하게 변하는 유행을 재빨리 알아차리기 위함이다.

해서 이삼 일마다 한 번씩 이렇게 번화가를 돌아다니며 주변 사람들의 옷차림이나 변화를 조사하고 있었다.

그렇게 돌아다니던 그의 귀에 낯이 익은 목소리가 들렸다.

귀에 쏙쏙 들어오는 청아한 목소리.

그쪽으로 고개를 돌리자, 붉은색 장포를 걸친 청년이 보였다.

묘한 매력을 가진 미청년.

사 년이라는 시간이 지났음에도 위준덕은 그 얼굴을 보자마자 그가 누군지 알아볼 수 있었다.

"은서호 소단주 아니십니까?"

* * *

이렇게 다루 삼 층에서 서호를 바라보니, 좋기는 좋네.

내 옆 탁자에는 팔갑과 호위들이 앉아 차를 즐기고 있었다.

하지만 그들이 아닌, 내 맞은편에 앉아 있는 이가 내가 이곳에 있는 이유다.

"그간 잘 지내셨습니까?"

"아, 네."

"그때, 약속을 지켜 주셔서 감사합니다."

"약속했으니, 지켜야죠."

내 앞의 중년의 남자는 전에 진우림 상단주를 죽이려고 시도했던 동씨상단에서 일하던 행수다.

그때 내가 기회를 주긴 했는데, 생각보다 잘 살고 있는 것 같다.

입은 옷이라든지, 얼굴 표정이 넉넉하고 여유로워 보였

으니까.

"그러고 보니 제 소개가 늦었군요. 아마 제 이름을 모르실 듯합니다."

나는 멋쩍게 웃으며 그의 말을 기다렸다.

"제 이름은 위준덕이라고 합니다. 그리고 이곳 서호 근처에서 포목점을 운영하고 있습니다."

"그러시군요."

우리는 이런저런 담소를 나누었다.

주로 위준덕 점주의 이야기가 주를 이었는데, 그 이야기를 들으며 문득 그런 생각이 들었다.

분명 위 점주는 동우역에게 최선을 다해 조언했을 거다. 그저 동우역이 그 조언을 받아들이지 않았을 뿐.

그래서 동우역이라는 자가 고맙게 느껴졌다.

덕분에 괜찮은 인재가 살아남았고, 이렇게 인연이 닿아 만날 수 있게 되었으니까.

내가 열심히 움직인 덕도 있지만, 시작이 없으면 중간도 없는 법.

"그런데 이 서호에는 무슨 일로 오신 겁니까?"

"아, 사업상 일이 있어서 왔습니다."

"그러시군요. 그 사업이 뭔지 여쭤봐도 되겠습니까?"

"죄송합니다. 사업상 비밀이라서요."

"역시, 그렇겠지요."

선을 넘지 않으면서도 상인으로서의 감각은 잘 살아 있는 듯한 모습.

확실히 상재가 있는 사람이다.

내게 호감을 가지고 있으니 더할 나위 없고.

사람의 감정을 따지는 것이 비인간적이라고 해도, 상계는 냉혹하다.

그리고 돈에는 감정이 없지만, 그 돈을 다루는 존재는 감정을 가진 사람이니까.

마침, 능력 좋고 믿을 만한 자가 필요했는데 잘됐네.

나는 목소리를 낮춰 말했다.

"제가 본 점주님은 작은 물에 만족하실 분이 아닌 듯합니다. 그래서 말인데, 혹시 큰물에서 노실 생각 없으십니까?"

내 말에 위준덕 점주는 두 눈을 깜박이며 되물었다.

"그게 무슨 말씀이신지?"

"제가 보는 위 점주님께서는 충분히 큰물에서 노실 능력이 있다는 의미입니다. 그러니까 일종의 거래죠."

나는 말을 이었다.

"위 점주님께서는 큰물에서 놀고, 저는 제 일을 믿고 맡길 사람을 얻고."

"믿고 맡긴다라……. 소단주님의 밑에서 일해 달라는 의미입니까?"

"맞습니다."

"……."

잠시 정적이 흘렀다.

위 점주의 얼굴에는 고심하는 낯빛이 역력했다.

"내키지 않으시면 거절하셔도 됩니다."

"소단주님께서 제게 이런 제안을 하시는 이유를 잘 모르겠습니다. 저는 이미 황혼을 바라보는 나이이고, 이곳에서 포목점을 운영하고 있는 점주일 뿐입니다. 이런 제가 도움이 되겠습니까?"

"그 연륜만으로 충분히 도움이 됩니다."

"그렇다면…… 생각할 시간을 좀 주실 수 있으십니까?"

"물론입니다."

어차피 그를 영입하는 것은 그렇게 급한 건 아니니까.

그러니, 급한 일부터 조금 조언을 얻어 볼까?

"점주님, 혹시 이 근방에 이백여 명 정도가 지낼 만한 건물이 있습니까? 좀 공간이 넓은 곳으로요."

내가 무관 밖으로 나온 건 양양무관이 있는 자리에 멋진 건물이 들어설 때까지 잠시 머물 장소가 필요했기 때문이다.

우선 당장 살아야 하니 이미 지어진 건물이 있는 곳이어야만 한다.

그에게 내가 원하는 조건들을 말하자, 위 점주는 잠시 생각하다가 입을 열었다.

"말씀하신 조건들이 갖춰진 곳은 세 군데 정도 있습니다."

세 군데씩이나 있다고?

"혹시 시간이 괜찮으시면 안내 부탁드려도 되겠습니까?"

"물론입니다."

우리는 다루에서 나와 위 점주의 안내에 따라 이동했다.

"우선, 이곳입니다."

그곳은 인근의 한 장원인데, 그 아들이 도박 빚을 지는 바람에 급전이 필요하여 장원 건물을 팔아야 할 처지라고 했다.

"장원이면 가지고 있는 땅이 제법 있지 않나요?"

"그거까지 다 팔아먹고 남은 게 저 장원 건물과 땅뿐이라고 합니다."

"……그 지경이 될 때까지 장주는 도대체 뭘 한 건가요?"

"그 장주가 마음이 여린 데다가 아들이 삼대독자라고 합니다. 뭐 잘못을 저지르고 혼날 때마다 울고불고 다시는 안 그러겠다고 하니…… 어쩌겠습니까?"

"……."

확실히, 도박은 할 것이 못 된다.

두 번째로 향한 곳은 서호에서 한참 떨어진 곳에 있는 삼 층짜리 주루였다.

나는 보자마자 왜 이 주루가 매물로 나왔는지 알 것 같았다.

"정말 이상한 곳에 어정쩡하게 주루를 열었군요."

"그렇습니다. 거리도 먼 데다가 높이도 낮으니, 서호의 풍광을 즐기는 게 불가능합니다."

"그래서 급매로 내놓은 모양이군요."

"그렇습니다."

성 장주보다 더 바보 같은 사람이 있었구나.

양양무관보다 더 서호랑 떨어진 곳에 주루를 세울 생각을 했다니.

그럴 거면 이곳에서 가장 높은 주루를 세우기라도 했어야지, 고작 삼 층이라니.

"그럼 세 번째 매물로 안내하겠습니다."

마지막 세 번째는 넓은 마당이 있는 건물이었다.

"이곳은 한 작은 중소문파가 자리하고 있는 곳입니다. 그 세가 급격히 줄어서 지금은 문주 한 명에 제자들 세 명이 다라고 합니다."

"그렇다고 해도 이곳을 판다고요?"

"네, 다른 곳으로 옮기기 위해 판다고 합니다."

"쉽지 않을 텐데……."

상단도 새로 터를 잡는 것이 힘들지만, 솔직히 상단보다 더 힘든 집단이 무림의 문파다.

그들에겐 자신들의 구역이 있고 구역을 침범당하는 것을 상당히 싫어하기 때문이다.

그들의 구역은 그들의 자존심이니까.

어지간히 세력이 강해도 근거지를 옮기기 힘든데, 고작 네 명으로 터를 옮긴다니!

"잘은 모르지만, 무림맹에서 도와주기로 했다고 들었습니다."

"무림맹이요?"

"예, 이 건물을 처분하고 오면 무림맹에 자리를 마련해 주는 식으로 도와준다고 들었습니다."

무림맹이 어떤 곳인지에 대해 알기에 그 도움이라는 것이 이 문파에게 진짜 도움이 되는 건 아님을 알 수 있었다.

"무림맹에서 도움을 준다는 것이 진짜인가요? 그럴 거면 이곳을 매입해 주면 될 듯합니다만."

"말씀을 들으니 뭔가 이상하긴 하군요."

이곳을 판 돈을 가지고 무림맹으로 간다면 무림맹에서 그 돈을 꿀꺽할 것이 분명할 터.

그럼 내 아까운 돈이 무림맹으로 흘러 들어간다는 의미가 된다.

그건 절대 안 되지.

그렇다면 첫 번째로 본 곳과 두 번째로 본 곳 중에서 골라야겠지.

비록 일 년 정도만 머물 곳이지만, 그래도 신중하게 골라야 한다. 일 년이 결코 짧은 시간은 아니니까.

염 관주와 하 표두와도 의논해 봐야 하고.

"오늘 안내 감사드립니다. 혹시 매입하게 된다면 그때도 도와주시면 감사하겠습니다."

"물론입니다."

"그리고 긍정적인 소식 기다리겠습니다."

나는 위 점주를 배웅하며 미소 지었다.

참 세상일은 알 수가 없다.

그저 자비를 베풀어 살려 준 사람이 이렇게 도움이 될 줄이야.

강소성의 동씨상단은 제법 큰 상단 중 하나이며, 그곳에서 만든 범평직은 전 중원에서 인기가 높았다.

상단주의 무리수 탓에 쫄딱 망했지만.

현재 범평직을 만들던 곳은 내 이전 삶에서처럼 독립하여 독자적으로 움직이고 있었다.

물론 그들이 그렇게 활동할 수 있는 데에는 우리 은해상단의 지원이 컸다.

하여 지금은 아주 긴밀한 관계가 되어 범평직을 싸게 납품받고 있고.

아무튼, 그런 상단에서 대행수는 아니었지만, 대행수급으로 일하던 자다.

게다가 고작 사 년 만에 이 치열한 항주에서 자리를 잡았다는 건, 능력은 확실하다는 뜻.

이곳 사정에 밝기까지 하니 나를 대신해 일을 처리해 줄 인물로 제격이다.

내 제안을 긍정적으로 생각해 줬으면 좋겠는데 말이지.

그날 저녁 또다시 춘일을 만났다.

이번에도 전혀 다른 모습이었다.

어떻게 이렇게 만날 때마다 다른 모습으로 나타나는지

참 신기하단 말이지.

"저번에 말씀하신 것, 알아 왔습니다."

그래, 맞아. 양양무관이 이사할 만한 곳을 알아봐 달라고 했었지.

그걸 오늘 알려 주겠다고 해서 이렇게 만난 것이다.

"소단주님이 말씀하신 조건을 갖춘 곳은 세 곳이 있더군요. 우선……."

그의 말을 들으며 나도 모르게 헛웃음을 지을 수밖에 없었다.

춘일이 말하는 세 곳이 아까 위 점주가 안내해 준 곳과 일치했기 때문이다.

"사실 몇 군데가 더 있긴 합니다만, 그곳들은 뒤가 구리거나 뭔가 이상합니다."

그럼 위 점주는 그런 이상하거나 뒤가 구린 곳들을 빼고 세 곳만 딱 안내해 줬구나.

내 말을 듣자마자 일각도 되지 않는 시간 안에 적당한 곳만 골라서 나에게 소개해 준 것을 보면 확실히 인재다.

위 점주가 점점 더 탐이 나기 시작했다.

.

.

.

나는 염 관주와 하 표두에게 오늘 위 점주에게 소개받은 장소에 대해서 말했다.

"……하여 이렇게 두 군데 중 한 곳이 좋을 듯합니다."

"벌써 이사 갈 장소를 알아보신 겁니까?"

"날이 점점 추워지는 것이 빠르면 빠를수록 좋지 않을까 해서요."

"맞는 말씀입니다. 추진력이 상당히 뛰어나시군요."

하 표두의 말에 나는 멋쩍게 웃었다.

그게 내 장점이긴 하다.

결정했으면 망설일 게 뭐가 있겠는가. 즉시 움직여야지.

"솔직히 이사하는 것에 대해서 우려하시는 건 압니다. 하지만 이곳에 새로 건물을 세우려고 해도 어차피 한동안은 이곳을 비워야 합니다."

"그렇긴 하죠."

"하지만 이를 위해 새로 건물을 사시는 것은 너무 낭비가 아닌가 싶습니다."

그 말에 나는 단호히 고개를 저었다.

"절대 낭비가 아닙니다. 나중에 충분히 그 이상의 돈을 회수할 수 있습니다."

두 사람은 내 의견에 따라 주었다.

궁주인 사부님이 내게 전권을 위임하신 것도 있고, 두 사람도 나보다 상재에 밝은 것은 아니니까.

우리는 논의 끝에 첫 번째로 소개받은 장원을 매입하기로 했다.

우선 넓은 마당을 갖추고 있었고, 사람이 살던 곳이기

에 관리 상태도 가장 깔끔했다.

물론 세 번째로 소개받은 곳 역시 첫 번째로 소개받은 곳과 비슷한 조건이긴 했지만, 일고의 고민도 하지 않고 제외했다.

무림맹이 엮여 있었으니까.

다음 날 오전, 나에게 서신이 하나 도착했다.

[그때 만났던 다루에서 만나 뵈었으면 합니다. 시간을 알려 주시면 제가 시간을 맞추겠습니다]

위 점주에게서 온 서신이다.

나는 그 서신을 가지고 온 점소이에게 답장을 써서 보냈다.

나는 신시(申時:15시~17시)에 맞춰 위 점주와 만나기로 한 다루로 향했다.

"아! 오셨습니까?"

위 점주는 이미 구석의 조용한 자리를 맡고 있었다.

"빨리 오셨군요."

"아닙니다. 저도 방금 왔습니다."

우리는 마주 앉아 차를 마시며 잠시 풍광을 감상했다.

위 점주가 먼저 입을 열었다.

"저…… 고민해 봤습니다."

"네."

내 제안에 대해 고민해 봤다는 말이겠지.

"솔직히 제가 지금 살아 있는 건 모두 소단주님의 은혜입니다. 그러니 소단주님을 따르는 것이 맞겠지요."

승낙한다는 뜻인가?

"하여 이 위 모, 소단주님 밑에서 일하겠습니다."

"그게 정말입니까? 정말 감사합니다."

"사실 제가 생각할 시간을 달라고 한 것은 제 상점을 정리하기 위해서였습니다."

나는 급하게 손을 내저었다.

"그러실 필요 없습니다."

"네?"

"제가 부탁드릴 것은 지금 일을 하면서 하실 수 있는 일입니다. 물론 월봉은 따로 드리겠습니다."

위 점주에게 그가 해야 할 일에 대해 설명했고, 그는 곧바로 고개를 끄덕였다.

"그런 일들이었군요. 이해했습니다."

"우선, 첫 번째로 해 주실 일이 있습니다."

"무엇입니까?"

"땅과 건물을 매입했으면 합니다. 저번에 안내해 주신 매물 중에 첫 번째 매물이 마음에 들더군요."

내 말에 잠시 생각하던 위 점주가 말했다.

"그곳에서 제시한 금액은 땅까지 해서 은자 칠백 냥입니다만, 더 깎지는 않았으면 합니다. 지금 그곳은 급매로 내놓은 것이기에 상당히 싼 값에 나온 겁니다. 아마 도박 빚을 갚고 나면 상당히 빠듯할 겁니다."

"저도 무리하게 깎을 생각은 없습니다. 그냥 그 가격으로 진행하세요."

"알겠습니다."

"그나저나, 그렇게 장원을 팔고 나면 그 식솔들은 어찌한답니까?"

"아마 빚을 갚고 남은 돈으로 작은 집을 마련하지 않을까 싶습니다."

"아까 빚을 갚고 나면 빠듯할 거라고 하셨는데, 그러면 한 백 냥쯤 남으려나요?"

"그 정도 남을 겁니다."

그 돈으로 집을 사면 생활이 정말 많이 빠듯할 터.

"그러면 인근에 작은 집 하나를 더 구입해 주십시오. 그리고 그 장원의 식솔들이 그 집에 살게 하고요."

"네?"

"솔직히 그 집에서 쫓겨나는 거 아닙니까? 그러니까 적당한 임대료로 살 집을 내주는 것도 나쁘지 않을 것 같습니다."

"역시, 소단주님은 좋으신 분이군요."

글쎄?

내가 좋은 사람인가?

사실 이것도 다 노리는 것이 있어서 이러는 것인데 말이지.

내가 노리는 건 평판이다.

정당하게 돈을 주고 매입한 것이지만, 소문이 이상하게 날 수도 있다.

혹시라도 양양무관이 엄한 사람을 길거리로 내쫓았다는 소문이 돌지 않게 하기 위해서다.

게다가 그 장원의 장주 가족들은 이 지역의 유지였으니까.

"그저 무관이나 저에 대한 안 좋은 이야기가 나오지 않게 하기 위함일 뿐이니, 저는 좋은 사람은 아닙니다."

"아닙니다. 소단주님은 좋으신 분이 맞습니다."

건물을 매입하는 과정은 일사천리로 진행되었다.

내가 장원을 사면서, 돈을 즉시 지급한다는 것에 장원의 주인은 무척 고마워했다.

그리고 그들이 살 집을 마련해 주겠다는 말에 눈물까지 흘렸다.

있던 재산 다 까먹고 마침내 집까지 홀랑 말아먹은 아들을 보며 속앓이를 많이 했던지 장주와 그 부인의 얼굴은 시커멓게 죽어 있었다.

자식이 웬수지.

나는 속으로 한숨을 내쉬며 장주에게 물었다.

"아드님의 나이가 어찌 됩니까?"

"올해 스물넷입니다. 그리고 둘째는 스무 살이고요."

도박을 한다는 아들이 장남이라고 했으니, 스물네 살이겠군.

그 정도면 '그 학관'에 입관하기에 아직 늦은 건 아니다.

"혹시, 갱생전문 학관에 관심 있으십니까?"

·

·

·

그렇게 닷새 후.

이사가 시작되었다.

원래 있던 가구도 대부분 넘긴다고 하기에 은자 백 냥을 더 지불하고 사들였다.

"어? 이제 이곳에서 사는 건가요?"

"그래."

"와, 여기 마당이 엄청 넓어!"

"우와! 부엌 엄청 크다!"

다행히 이사한 곳은 가까운 곳이었기에, 겨울이었지만 그리 힘들지 않게 이사할 수 있었다.

아이들은 새로 이사한 곳을 오가며 구경했다.

나는 염 관주에게 말했다.

"혹시, 이전 건물에 대해 뭔가 미련이 남으셨다면 다른 터에 그 건물을 뜯어서 그대로 옮겨 드릴까요?"

내 말에 그는 황급히 고개를 저었다.

이제 내가 한다면 하는 사람이라는 것을 파악한 모양이다.

"미련이라니요! 그런 거 없습니다. 아이들을 위해서라

도 낡은 건물보다는 새 건물이 좋죠."

"그렇긴 합니다."

"그 땅에 새 건물이 완공되는 날이 무척 기다려지는군
요. 하하하."

나 역시 무척 기다려졌다.

그렇기에 철거 비용 정도는 기쁘게 줄 수 있다.

건물이 완성되는 날, 성 장주는 자신이 야심차게 재산
을 쏟아부은 건물을 고스란히 뺏기게 될 테니까.

.

.

.

이제 슬슬 다시 은해상단으로 돌아갈 때가 되었다.

세워뒀던 새해 계획을 점검하고 시작해야 하니까.

"사형, 집에 가는 거예요?"

"언제 또 와요?"

아이들은 아쉬워하는 얼굴로 내 옷자락을 붙잡고 칭얼
거렸다.

그동안 열심히 놀아 주었더니 정이 든 모양이다.

"나와 헤어지는 것이 그렇게 서운해?"

"네."

내 물음에 아이들이 고개를 끄덕였다.

"나도 많이 서운하네. 하지만 이 사형이 열심히 일해야
맛있는 것을 많이 사 줄 수 있거든."

나는 빙긋 웃으며 약속했다.

"다음에 또 올게."

"정말요?"

"응."

그냥 하는 말이 아니다.

어차피 앞으로 항주에서 해야 할 일이 있는 이상, 오긴 와야 하니까.

음, 가기 전에 선물 하나씩 해 주고 가야겠네.

솔직히, 창인표국과 북해빙궁에서 이런저런 지원을 해 준다고 해도 아이들을 키우는 데에는 돈이 제법 많이 들어간다.

나는 사부님께 전권을 위임받아 왔기에, 양양무관의 재정을 점검할 의무도 있고 권리도 있다.

하여 장부들을 살펴봤는데, 감탄할 수밖에 없었다.

매우 꼼꼼하고 효율적으로 살림을 꾸렸다는 게 보였기 때문이다.

그럴 수밖에 없었다.

재정이 정말 빡빡했으니까.

아이들 배를 곯지 않게 하는 것이 최선이었기에, 간식 같은 건 잘해야 일 년에 한두 번 정도밖에 먹지 못했다.

그래서 전에 나와 함께 놀면서 상으로 당호로를 준다고 했을 때 그렇게 열심히 참여한 것이다.

음, 이래서 염 관주님이 전대 관주님의 선택을 받은 거군.

이렇게 알뜰살뜰 살림을 꾸릴 수 있는 분이니까.

설풍궁을 멸문시킨 세력들이 양양무관의 존재를 알게 되면 이곳은 무사할 수 없을 터.

즉, 몸을 사릴 때였으니 그에 맞는 인재를 관주로 앉힌 거다.

"그리고 혹시 필요한 것은 없니? 가기 전에 사 줄 수 있는 거라면 사 주고 가려고."

"필요한 거요?"

"응."

"아무거나 말해도 괜찮아요?"

"들어 보고. 필요해 보이면 사 주고, 아니면 기각이지."

"잠시 생각해 볼게요."

그리고 아이들은 저 멀리 후다닥 달려가더니 자기들끼리 속닥였다.

자기들 딴에는 작은 목소리로 말한다고 했지만, 솔직히 뭐라 말하는지 너무 잘 들렸다.

무관이 그리 넓은 것도 아니니까.

그런데…… 아이들이 의논하는 내용이 좀 이상한데?

보통은 장난감이나 먹을 것을 말할 텐데, 왜 저런 이야기가 나오지…….

잠시 후, 회의가 끝났는지 대표 격인 아이가 나에게 말했다.

"결정했어요. 선물로 종이를 사 주세요."

"……종이를?"

"네. 표국에서 일하시는 사형들이랑, 북해빙궁에 계시

는 어머니께 서신을 쓰고 싶어요."

종이가 구하기 어려운 건 아니지만, 서신으로 쓸 만한 종이는 비싸다.

글씨를 쓰려면 표면이 매끄러워야 하고, 먹이 번지지 않으려면 두꺼워야 하니까.

그러고 보니 가끔 마당에 글자들이 적혀 있었는데, 그 때문이었구나.

종이가 없어서 흙바닥에 글씨 연습을 했던 거다.

나름 백대 상단의 자제로 태어나 풍족하게 살아온 나이기에, 미처 생각하지 못했다.

종이가 없어서 흙바닥에 글씨를 연습하고, 서신을 보내지 못한다는 것을.

조사님께 설풍궁의 재건을 부탁받은 입장에서 그런 것들을 세심하게 신경 쓰지 못했다니 조금 민망해졌다.

"알았어. 많이 사 줄게."

"감사합니다!"

하지만 그건 내가 당연히 신경 써야 하는 것이니 선물이라고 할 수 없었다.

"그것 말고는 없어?"

"어……."

생각해 보지 못한 표정이다.

"그럼, 내일 아침까지 다시 한번 생각해 봐. 나는 잠시 관주님을 만나고 올게."

아이들에게 그리 말하고는 관주의 집무실로 향했다.

"들어오십시오."

안으로 들어가자, 염 관주는 정신없이 일을 하고 있었다.

이백 명에 달하는 이들을 데리고 이사를 하려면 이래저래 준비할 게 많을 수밖에 없다.

행정적으로 처리할 것도 많고.

"바쁘시군요."

"하하하. 좀 그렇군요, 잠시만 기다려 주시겠습니까?"

"이따 다시 올까요?"

"아닙니다. 아주 잠시면 됩니다."

앞에 앉아 있자, 그가 금세 서류를 마무리하곤 내 앞으로 다가왔다.

"무슨 일이십니까?"

"모레나 글피쯤에 호북으로 돌아가려고 합니다."

"벌써 가십니까?"

"예, 신년이라 좀 해야 할 일이 많습니다."

"하긴 맡으신 일이 많겠군요."

염 관주는 고개를 주억였다.

"그래서 아이들과 이곳 제자들에게 선물을 해 주고 가려고 하는데, 종이가 필요하다고 하더군요."

"네?"

"서신을 쓰고 싶다고요."

"아……."

염 관주는 안타까운 표정으로 고개를 끄덕였다.

"부끄럽군요. 아시다시피 종이가 제법 비싸서……."

"그래서 아이들에게 종이를 사 주고 가려고 합니다. 그래서 말인데 혹시 그것 말고도 더 필요한 게 있습니까?"

관주를 찾아온 건, 아이들에게 필요한 것들이 더 있을까 해서였다.

"뭐가 필요한지 제가 잘 모르니까요. 그래서 말인데 뭘 해 줘야 아이들에게 도움이……."

염 관주는 내 말이 끝나기도 전에 얼른 말했다.

"그럼 아이들에게 옷 한 벌씩 해 주십시오!"

"옷…… 이요?"

"네. 아이들이 겨울에 입을 옷이 변변찮아서 말입니다. 없는 것은 아닌데, 이번 겨울은 엄청 추울 것 같습니다."

그는 말하다가 아차 싶었는지, 멋쩍게 웃었다.

포목은 제법 비쌌으니까.

그리고 말을 덧붙였다.

"아, 너무 무리한 부탁을 드린 것 같습니다. 그 대신 불을 좀 따뜻하게 땔 수 있게……."

그 모습에 나는 기분 좋게 웃었다.

역시 염 관주는 좋은 사람이다.

"알겠습니다."

.

.

.

늦은 오후에 나는 위준덕 점주를 찾아갔다.

"소단주님! 여기까지 어쩐 일이십니까? 그냥 소인을 부르시지."

"그냥 걷고 싶어서 왔습니다."

"가끔 그럴 때가 있지요."

"제가 글피쯤에 본단으로 돌아갈 예정입니다. 그래서 점주님께 부탁드릴 게 있어서 왔습니다."

"네, 말씀하십시오."

나는 그에게 아이들이 입을 옷과 종이, 무공을 익힐 때 필요한 목검 등을 구입해 줄 것을 부탁했다.

"여기 이 돈으로 구매하시면 됩니다. 제가 몇 개월 뒤에 다시 올 예정이니 부족하면 그때 말씀하십시오."

그는 내가 준 돈을 세어 보더니 고개를 저었다.

"부족하다니요! 전혀 부족하지 않습니다."

"자세한 사항은 양양무관의 관주님과 상의해 주시면 됩니다."

"알겠습니다."

이렇게 내가 없을 때, 믿고 일을 맡길 수 있는 사람이 있으니 든든했다.

"아, 그거 들으셨습니까?"

"네? 뭘 말씀이십니까?"

"전에 제가 안내해 드렸던 매물 중에 작은 문파의 건물이 있었지 않습니까?"

"아, 네. 그랬죠. 기억납니다."

"건물을 팔지 않겠다고 합니다. 그냥 이곳에 있겠다고

하더군요."

"그렇습니까?"

다행이라고 해야 하나?

사실 위 점주와 그곳의 사정에 대해 이야기했을 때, 담 너머에서 인기척을 느끼기는 했다.

그래서 일부러 들으라고 그런 소리를 했는데…….

아무튼, 그 마음을 돌려서 다행이다.

"그런데 그 문파의 세력이 약해진 이유가 무엇이라고 보십니까?"

"이름이죠."

"이름이라면……. 명성 말입니까?"

"그렇습니다. 몇십 년째 명성 높은 인물이 나오지 않으니, 문파의 세가 기울 수밖에 없죠."

위 점주는 혀를 찼다.

"사실, 그 문파에 대해 좀 알고 있어서 안타깝기는 합니다. 지금 남은 제자 세 명 중에 유망한 아이가 있습니다. 용봉비무회에서 두각을 나타낼 만한데, 그때까지 버티기 힘드니 말입니다."

위 점주가 저리 말할 정도면 꽤 재능이 있는 무인인가 본데?

"종삼이가 용봉비무회에서 뛰어난 성적을 거두게 된다면……."

순간 나는 고개를 갸웃했다.

종삼? 어디선가 들어봤던 이름인데?

"이름이 종삼입니까?"

"보종삼이라고 합니다. 저 문파는 배분에 따른 이름이 없더군요."

보종삼? 아! 기억났다!

무림맹을 적대하던 몇몇 조직 중 하나의 수장이었지.

무공 실력이 뛰어나 제법 무림맹을 애먹였던 것으로 기억한다.

그가 여기 출신이었구나.

"그렇게 재능이 뛰어난데 왜 아직 그 작은 문파에 남아 있는 겁니까?"

"안 그래도 문주가 종삼이를 다른 큰 문파로 보내려고 했답니다. 하지만 종삼이가 기를 쓰고 버텼죠. 문주님 두 고는 절대 안 나간다고."

"뭔가 사정이 있나 보군요."

"예, 종삼이에게 거기 문주는 아버지나 다름없으니까요."

그의 설명에 의하면 한 십여 년 전에 문주가 어린아이를 데리고 왔다고 한다.

듣자 하니, 초토화된 화전민 마을에서 홀로 남아 있던 아이였다고 한다.

그랬구나.

이제야 보종삼이라는 인물이 왜 무림맹을 적대하게 되었는지 알겠군.

내 예상대로 무림맹은 저들을 이용하기 위해 '무림맹의

도움'이라는 미끼를 흔든 것뿐이다.

나중에야 그걸 알아차린 보종삼이 무림맹을 적대하게 된 것이고.

그렇다면 내가 투자할 만한 가치가 있다.

미래에 명성을 떨칠 무인에게 은혜를 입혀 놓는 것이니까.

"좋은 정보, 감사드립니다. 들으니 참 안타까운 사연이군요. 그렇다면 제가 무관이 유지될 수 있을 정도로 좀 후원을 하고 싶군요."

"아, 정말이십니까?"

"예, 점주님도 그래서 제게 그 문파의 이야기를 꺼낸 것 아니십니까?"

"하하하. 역시 소단주님 앞에서 재주는 못 부리겠군요."

"저를 위해 말씀하신 거 압니다."

위 점주는 내게 도움이 될 거라 생각해 저 말을 꺼낸 것이다.

아직 이곳에서 내가 본격적으로 활동하기에는 영향력이 부족하니까.

"다리 좀 놔주시겠습니까?"

"물론입니다."

위 점주에게 내일 중으로 일정을 잡아 달라고 하고는 서호로 향했다.

돌아가기 전에 팔갑과 호위무사들에게 근사한 식사를 대접해 주기 위해서다.

내일 문파의 문주를 만나고 하면 시간이 없을 수도 있으니까.

나는 일행을 데리고 미리 생각했던 주루에 들어갔다.

청파루(淸波樓).

상당히 유명한 곳으로 오 년의 대흉년에서도 살아남은 몇 안 되는 주루이다.

이곳이 살아남은 것은 주루의 루주가 돈을 잘 모아 놓은 것도 있지만, 그 수준이 높았기 때문이다.

솔직히 주루라고 하는 곳 중에는 기루와 별 차이가 없는 곳들이 많다.

하지만 이곳은 재주 있는 기녀, 즉 예기를 잘 갖추고 있었고 술과 음식도 맛있었다.

그렇기에 금주령 속에서도 기녀들의 재주와 음식의 맛으로 살아남을 수 있었다.

어찌 보면 은해상단이 소유한 연화루와 비슷했다. 그러나 연화루는 그 이상의 것을 추구하고 있었다.

"어서 오십시오."

점소이가 우리를 맞아 주었다.

"혹시 예약하셨습니까? 예약하지 않으셨다면 이용이 좀 힘들 듯합니다."

과연, 예약하지 않으면 앉을 자리가 없을 정도로 인기가 높네.

하지만 예약하지 않아도 이용할 방법이 있지.

"오 층을 이용하고자 합니다."

"아! 그러십니까?"

"오 층도 자리가 없나요?"

"아닙니다! 이쪽으로 오십시오."

당연한 말이지만, 주루의 가장 꼭대기 층은 그 값이 비싸다.

이용할 수 있는 이들이 많지 않아서 자리가 보통 비어 있는 편이다.

우리는 점소이의 안내를 받아 오 층으로 올라갔다.

"우와아아아!"

팔갑이 감탄했다.

"엄청 멋집니다요!"

"그래?"

"네! 역시 돈 많은 도련님을 모시는 보람이 있습니다요."

그 말에 나는 피식 웃었다.

"그러니까 잘 모시라고."

"네, 여부가 있겠습니까요."

흐뭇한 미소를 지으며 호위무사들을 보자, 그들 역시 서호의 절경에 감탄한 듯 멍한 표정이었다.

이곳에 데리고 온 보람이 있네.

누군가는 이곳에 올 정도의 돈이 있으면 그 돈을 양양 무관에 기부하거나 다른 어려운 이들을 도우라고 할지도 모른다.

하지만 그렇게 따지면 끝이 없다.

그리고 다른 이들을 챙기기 전에, 내 곁에 있는 자들을 먼저 챙겨야 하지 않을까?

물론, 그런 기부나 자선 등이 필요한 건 맞다.

하지만 그 전에, 가까이에 있는 자들을 챙기는 게 우선이다.

"주문하시겠습니까?"

점소이의 물음에 나는 은자를 꺼내 내밀며 호쾌하게 대답했다.

"특선요리 여섯 명 분을 준비해 주십시오."

"알겠습니다. 술은……."

"그냥 다 차로 주십시오."

"알겠습니다."

"아, 그리고……."

나는 점소이에게 돈을 찔러 주며 개인적인 부탁을 했고, 점소이가 고개를 꾸벅 숙이며 대답했다.

"알겠습니다."

사제들도 잘 먹어야지.

잠시 후, 음식들이 차려지기 시작했다.

날이 쌀쌀했지만 중간중간 놓인 화로 덕분인지 팔갑은 그리 추워하지 않았다.

우리는 그렇게 서호의 풍취를 즐기며 식사를 했다.

이렇게 있으니 부모님과 형들 생각이 났다.

다음에는 가족들과 함께 와야겠네. 시간이 있을지는 잘
모르겠지만.

.

.

.

그렇게 실컷 먹고 즐기다가 해가 뉘엿뉘엿할 때쯤 주루
에서 나왔다.

이제 슬슬 술꾼들의 시간이고, 그러면 무척 시끄러웠기
때문이다.

양양무관으로 향하던 나는 문득 느껴지는 향기에 고개
를 갸웃했다.

응? 이 난꽃 향기…… 익숙한데?

그리고 최근에 이 향기를 맡아 본 적이 있었다. 바로
북해빙궁에서 북해빙궁의 소궁주 빙해린을 만났을 때.

설마?

나는 그 향기를 따라갔다.

그 향기의 근원지는 바로 얼마 전까지 양양무관이 있던
곳.

그 대문 앞에 한 여자가 곤란한 표정으로 서 있었다.

낯익은 얼굴.

"혹시, 빙해린 소궁주님 아니십니까?"

그녀가 고개를 돌리더니, 나를 보곤 눈을 동그랗게 떴
다.

"뭔가 익숙한 기운이 느껴진다고 했더니, 은인이셨군

요. 그러니까…… 은서호 소단주님이셨죠?"

"네. 맞습니다."

나는 고개를 끄덕였다.

"이 항주에서 뵙게 되다니, 뜻밖입니다."

"저 역시 그러네요."

"그런데 왜 여기 계시는 겁니까?"

그녀가 미소를 지으며 대답했다.

하지만 그 목소리는 조금 차가웠다.

"아무리 은인이시라고 해도, 제 개인적인 사정까지 알려 드려야 하나요?"

음, 까칠하군.

"물론 아니죠. 다만 여기 있던 양양무관이 사라져서 당혹스러워하시는 것 같아서 말입니다. 그에 대한 일이라면 제가 도움을 드릴 수 있을 것 같아서 여쭤봤던 것뿐입니다."

"아…….”

그녀의 얼굴이 살짝 붉어지더니, 정중히 고개를 숙였다.

"죄송해요. 제가 너무 예민하게 반응했네요."

"괜찮습니다."

"그런데 양양무관에 대해 아시나요? 분명 저번에 왔을 때만 해도 여기에 있었는데."

"이사했습니다."

"네? 이사했다고요?"

"며칠 안 됐습니다. 그래서 소식을 듣지 못하셨을 겁니다."

"아, 그랬군요. 그러……."

순간 그녀의 눈빛에 경계심이 차올랐다.

"그런데 소단주님께서는 양양무관에 대해 많은 것을 알고 계시는 듯하군요."

"아, 아직 제 소개를 제대로 못 했군요."

나는 그녀에게 포권하며 말했다.

"설풍궁의 제자 은서호입니다."

그러자 그녀의 경계심이 가라앉고, 목소리가 부드러워졌다.

"……역시 그랬군요. 사실 뭔가 기운이 익숙하다 했거든요."

"양양무관으로 안내해 드리겠습니다."

"부탁드려요."

나는 그녀를 데리고 양양무관으로 향했다. 새로 이사한 곳은 원래 양양무관이 있던 곳에서 불과 일각 정도 밖에 걸리지 않는 곳이다.

"여기입니다."

"음, 뭔가 장원 같은 느낌이네요."

"바로 맞히셨습니다. 얼마 전까지만 해도 장원이었던 곳이니까요."

우리가 안으로 들어가자, 마침 마당에 있던 염 관주님이 우리를 보고 얼른 달려왔다.

"소궁주님 오셨습니까?"

"오랜만에 뵙네요, 관주님. 그간 잘 지내셨나요?"

"뭐, 그럭저럭 잘 지냈습니다. 그런데 여기까지 무슨 일이십니까?"

"빙궁에서 보낸 후원금을 가지고 왔습니다."

"아! 그렇습니까?"

후원금 이야기에 염 관주의 얼굴이 단번에 밝아졌다.

참 솔직하신 분이네.

"안으로 들어가시지요."

"네."

그렇게 빙해린 소궁주를 안내하려던 염 관주님이 내게 고개를 돌려 인사했다.

"아, 소단주님. 감사합니다. 덕분에 모두 무척 잘 먹었습니다."

"잘 드셨다니, 기쁘네요."

아까 주루에서 식사를 할 때 솔직히 아이들이 마음에 걸렸다.

하여 점소이에게 돈을 찔러 주면서 이곳에도 음식을 배달해 줄 것을 부탁한 것이다.

한 번에 과식해서 탈이 나지 않을까 걱정도 되었지만, 그렇다고 맛있는 음식을 먹지 않는다면 본말전도가 아니겠는가.

이따가 열심히 놀아 주면 소화는 충분히 되겠지.

염 관주님이 다시 집무실로 향하다가 몸을 돌려 의아한

듯 내게 물었다.

"뭐 하십니까?"

"네?"

"같이 가셔야죠. 소단주님께서는 설풍궁의 궁주님께 전권을 위임받아 오셨잖습니까."

"아, 그렇군요."

.

.

.

그렇게 우리 셋은 염 관주의 집무실에 있는 다탁에 둘러앉아 차를 마시게 되었다.

"그러니까……."

빙해린 소궁주가 나를 보며 물었다.

"은 소단주께서 설풍궁주님의 전권을 위임받았다는 건가요?"

"네. 그렇습니다."

"설풍궁주님의 신변에 뭔가 이상이 생긴 건……."

"아닙니다. 아주 건강하게 잘 계십니다."

"그럼 왜……."

"거기에는 사정이 있습니다."

나는 그녀에게 자초지종을 설명했다. 빙해린 소궁주 역시 설풍궁에 대해 알고 있었기에 뭔가를 숨기거나 할 건 없었다.

"……그렇게 된 겁니다."

내 말이 끝나자, 잠시 침묵이 감돌았다.

"혹시 제가 원래 양양무관이 있던 곳에 세워질 건물을 손에 넣는 것이 너무한다고 생각하십니까?"

내 물음에 그녀는 고개를 저었다.

"아, 그건 아니에요. 배은망덕한 자에게 측은함을 느끼진 않아요. 아이들에게 좋은 집이 생긴다니 아주 기쁘네요."

그녀는 나를 보며 말했다.

"저였다면 그 진짜 계약서를 가지고 가서 당장 그 땅을 양양무관의 소유로 했을 거예요. 그런데 그걸 참고 더 큰 것을 바라보시는 혜안에 감탄이 나오네요."

"과찬이십니다. 혹시나 해서 말씀드리지만, 이 일은 비밀입니다."

"물론이죠."

그때 염 관주가 빙해린 소궁주에게 물었다.

"그런데 언제 빙궁에서 나오신 겁니까? 지금쯤이면 북해는 설풍 때문에 이동하기가 힘들 텐데……."

"아, 설풍이 본격적으로 시작되기 전에 나왔어요. 그리고 급한 일이 있어서 그것을 먼저 처리하다 보니 이곳에는 이제야 도착했네요."

"그러셨군요."

그래도 늦게 온 건 아니다. 원래 봄쯤은 되어야 지원금을 가지고 온다고 들었으니까.

그러니 지금도 충분히 일찍 온 것이다.

"그래서 봄이 올 때까지 이곳에서 신세를 좀 져야 할 것 같네요."

"그렇게 하십시오."

빙해린 소궁주가 이곳에서 머문다니.

내가 본 그녀의 무력은 상당했다. 그런 고수가 아이들과 함께 있다는 것만으로도 뭔가 든든했다.

"양양무관을 잘 부탁드립니다."

"어디…… 가시나요?"

"저는 조만간 호북으로 돌아가야 합니다. 아마도 내일모레 정도 떠나야 할 것 같습니다."

"그러시군요."

"이야기가 다 끝난 것 같으니 저 먼저 일어나겠습니다. 아이들하고 좀 놀아 줘야 하거든요."

"네?"

대화를 마친 나는 마당으로 향했다.

해가 뉘엿뉘엿 지고 있었지만, 아직 아이들이 잘 시간은 아니었다. 그래서 아이들이 아까 과식한 것을 소화시켜 줄 겸 열심히 놀아 줄 생각이었다.

．

．

．

다음 날 아침.

아이들은 각자 내게 와서 원하는 선물을 하나씩 말했다.

"저는요, 채료(彩料)를 가지고 싶어요."

"채료라면, 색을 칠하는 염료를 말하는 거지?"

"네. 그림 그리는 것을 좋아하거든요."

"그래, 알았어. 아민이는?"

"저는 시문집이 가지고 싶어요. 소악시문집이라고 되게 유명한 시문집이 있거든요."

여기서 그 이름을 들을 줄이야.

예전에 유 내총관이 지은 시문을 내가 가져다가 출판했던 시문집이다.

벌써 몇 년이 지났는데, 아직도 유명한 걸로 알고 있다.

"알았어."

아이들이 원하는 것 중에 장난감 같은 건 없었다. 그게 대견했지만 좀 안쓰럽기도 했다.

그만큼 일찍 철이 들 수밖에 없는 상황이라는 거니까.

그때 문 앞에서 낯익은 목소리가 들렸다.

"계십니까?"

"아! 네!"

나는 얼른 대문으로 나갔다.

위 점주가 짐꾼과 함께 기다리고 있었다.

"우선 말씀하신 종이를 가지고 왔습니다."

"감사합니다."

"이 종이는 어디에 놓을까요?"

"아, 제게 주시면 됩니다요."

팔갑이 적당한 때 나서 주었고, 그 무거운 종이를 번쩍 들고는 안으로 들어갔다.

요즘, 무공을 배우더니 힘이 더 세진 것 같단 말이지.

위 점주에게 감사 인사를 하고 배웅한 뒤 안으로 들어 오자, 아이들이 눈을 빛내며 종이를 구경하고 있었다.

"와! 종이에서 빛이 나!"

"엄청 좋아 보여."

눈을 반짝이며 종이를 보는 아이들을 보며 나는 미소 지었다.

잘 되었네.

마침 빙해린 소궁주도 와 있으니, 아이들이 쓴 서신을 그녀가 빙궁으로 돌아갈 때 그녀를 통해 전하면 될 터.

그리고 창인표국은 하 표두가 있다.

"얘들아. 나와 창인표국에서 온 이들은 내일이면 돌아 갈 거야. 그러니까 내일 새벽까지 서신을 써 주면 그걸 창인 표국의 표사님들에게 전해 주라고 하 표두님께 부 탁할게."

"그런데, 정말 이 종이에다가 서신을 써도 돼요?"

"물론이지. 너희 쓰라고 사 온 건데, 이걸 사용하지 않 으면 이걸 가지고 온 내가 속상하지 않을까?"

"아!"

"그, 그러네요."

나는 우선 아이들에게 종이를 각자 다섯 장씩 나누어 주었다.

그래 봤자 종이가 워낙 많아서 티도 나지 않았지만.

아이들이 서신을 쓰는 동안 나는 아이들이 원했던 선물을 사서 돌아왔다.

그리고 그 선물을 가지고 염 관주의 집무실로 향했다.

"헉! 이, 이게 다 뭡니까?"

"아이들이 원하는 것들입니다."

"그런데 왜 이걸 가지고 오신 겁니까? 직접 아이들에게 주시지 않고?"

"이건 제가 간 다음에 관주님께서 나눠 주십시오."

"네? 어째서……."

"제가 여기에서 아이들과 지내는 시간은 백 일도 채 못 됩니다. 그에 반해 관주님께서는 일 년 내내 아이들과 지내시죠."

"그건 그렇습니다만……."

"제 돈으로 아이들에게 좋은 관주님이 되시라는 뜻입니다."

내 말에 관주님의 눈시울이 붉어졌다.

"정말 감사합니다."

"뭘요. 아, 그리고……."

나는 내 소매 안에서 금령이를 꺼내어 보여 주었다.

"꾸이!"

"앞으로 이 녀석을 통해서……."

"헉!"

하지만 내 말이 끝나기도 전에 염 관주님이 기겁하며 금령을 손가락질했다.

"서, 설마 이거 한호수입니까? 이게 왜 여기에…….."

"우선 한호수가 맞습니다. 그리고…… 좀 복잡한 사연이 있습니다."

"이게 설풍궁의 신수이자 영물인 것은 알고 계십니까?"

"예, 사부님께서 말씀해 주셔서 알고 있습니다."

"……."

경악하는 그 모습을 보니, 은무검까지 내게 있다는 걸 알면 졸도할 것 같아 더는 말하지 않았다.

"아무튼, 앞으로 급한 연락은 금령이를 통해 서신을 보낼 테니 알아 두셨으면 합니다."

"아, 알겠습니다."

"그리고 저희는 내일 새벽에 출발할 예정입니다."

내 말에 그는 고개를 끄덕였다.

"그건 하 표두에게 들어 알고 있습니다. 그리고…….."

그는 조금 진정한 듯 미소 지으며 말을 이었다.

"정말 감사합니다. 소단주님께서 설풍궁의 제자라는 것이 저희 양양무관에게 있어 큰 복입니다."

진심으로 감격하는 그 모습에 나는 민망해져서 귀밑을 긁적였다.

.

.

.

다음 날, 우리는 호북으로 출발할 준비를 했다.

솔직히 조금 더 머무르고 싶었지만, 해야 할 일이 많다.

그리고 더 지체했다가는 지독한 한파를 헤쳐나가야 할 수도 있을 터.

그렇게 출발할 준비를 하고 있을 때, 아이들의 대표 격인 녀석이 우리에게 다가왔다.

주방에서 빌린 듯한 커다란 바구니를 들고 있었는데, 그 안에는 종이가 수북했다.

나는 다가가 바구니를 받아 들었다.

서신이 수북이 쌓인 것을 보니, 다들 할 말이 많았던 모양이었다.

"양이 제법 되는구나."

"이런저런 이야기를 쓰다 보니까 말이 좀 길어졌거든요. 처음 쓰는 서신이기도 하고."

그 서신을 보며 하 표두의 눈시울이 살짝 붉어졌다. 어제 내가 서신을 전달해 달라고 부탁했기에 이에 대해 알고 있었다.

"알았다. 이건 내가 반드시 전해 주도록 하마."

"감사합니다."

그때 서신을 챙기던 하 표두의 눈이 살짝 흔들렸다.

"그런데…… 표두의 일이 워낙 바쁘다 보니까 서신을 받아도 답장을 쓸 시간이 없을지도 모른다. 그래도 괜찮겠느냐?"

"괜찮아요. 저희는 그저 소식을 전해 드릴 수만 있으면 그걸로 족해요."

"이해해 줘서 고맙구나."

그 말에 나는 고개를 갸웃했다.

표국의 일이 바쁘다고 해도 서신 한 장 쓸 시간이 없을 정도로 바쁜 건 아니다.

그런데 왜 그런 말을······.

아, 그 때문이구나.

표사들이 하는 일이 뭔지를 떠올리자 금방 이해가 됐다.

그들 역시 무림인 못지않게 칼밥 먹으며 사는 이들이다.

표행 중에 녹림과의 싸움에서 죽은 표사들도 있을 테고, 무림인들의 다툼에 휘말려 죽은 이들도 있을 거다.

즉, 하 표두는 답장을 보낼 수 없는 이들에 대해 돌려서 말한 셈이다.

뭔가 마음이 아프네.

나는 분위기를 환기시킬 겸 아이들에게 물었다.

"그런데, 나에게 주는 서신은 없는 거야?"

내 물음에 그 아이가 배시시 웃었다.

"있어요."

"응?"

이내 두 명의 아이가 바구니 하나를 더 들고 왔다.

설마?

"저게 사형께 드리는 서신이에요."

"······."

난 어른인데, 울면 안 되는데.

나는 감동하고 말았다.

어느덧 출발 준비가 끝났다.

염 관주와 빙해린 소궁주, 그리고 양양무관의 아이들과 작별 인사를 나누었다.

"그럼, 안녕히 계십시오."

"살펴 가십시오."

그렇게 우리는 항주를 떠나 호북으로 향했다.

황산을 넘어 내가 죽은 그 자리를 지났다.

처음 왔을 때는 긴장해서 혼절할 정도였지만, 이제 이 곳은 팔백 년이나 묵은 귀한 빙련주를 얻은 곳이다.

그리고 나에게 투지를 불태우게 하는 곳이다.

* * *

은서호와 하 표두 일행이 떠나고, 그날 오후.

양양무관에 위준덕 점주가 찾아왔고, 은서호가 부탁한 물품들에 대해 말했다.

"네? 그, 그것들을 전부 말입니까?"

"그렇습니다."

"허……."

염 관주는 감탄을 내뱉을 수밖에 없었다.

'은 소단주가 진짜 부자구나!'

역시 돈을 밝히는 영물인 한호수의 주인다웠다.

* * *

몇 날 며칠을 배를 타고 또 말을 달려서 드디어 집에
도착했다.

"집이다!"

내 말에 팔갑이 물었다.

"그렇게 좋으십니까요?"

"당연하지. 집이잖아. 집."

우리는 창인표국의 이들에게 수고했다고 인사를 했고,
상단 사람들과 인사를 나누며 각자의 자리로 돌아갔다.

그리고 나는 아버지의 집무실로 향했다.

"아버지, 소자 다녀왔습니다."

"그래, 고생했다. 그런데…… 너에게 서신이 왔더구
나."

"네? 서신이요?"

고개를 갸웃하며 받아든 서신의 겉봉에는 낯익은 이름
이 쓰여 있었다.

49장. 인과응보

인과응보

걸봉에 쓰인 이름은 한재익.

전에 북해에 갔을 때 만났던 이의 이름이다.

여동생을 북해빙궁에 입궁시키기 위해서 왔었고, 설표에게 쫓기던 상황에서 구해 주었지.

당시 여동생이 인근 장주의 아홉 번째 부인으로 끌려갈 상황이라 그걸 피하기 위해 북해로 왔다고 했다.

그 장주라는 자가 핍박할 가능성이 높아 보여서 혹시 무슨 일이 있으면 찾아오라고 했는데 이렇게 서신을 보내다니…….

무슨 일이지?

나는 얼른 봉투를 뜯고 안의 서신을 꺼내어 읽어 보았다.

"……."

한숨밖에 나오지 않는 내용.

"아버지."

"왜 그러냐?"

"저, 하남에 좀 다녀오겠습니다."

"그 서신 때문에 그러느냐? 이제 막 항주에서 돌아왔는데 괜찮겠느냐? 하남이 그리 먼 편은 아니라고 해도 이 추위에 복룡산을 넘어야 한다."

"알고 있습니다. 하지만 가 봐야 할 것 같습니다."

나는 걱정스러워하는 아버지에게 그와의 인연에 대해 설명했다.

"……하여, 사정이 좋지 않으면 찾아오라 말했습니다만, 서신을 보니 찾아오지도 못할 정도인 것 같습니다."

그러고는 아버지에게 서신을 건넸다.

딱히 비밀로 해야 할 내용도 없고, 내용을 보면 아버지도 수긍하실 테니까.

예상대로 서신을 읽는 아버지의 손이 부들부들 떨렸다.

"어떻게 이런 천인공노할 놈이 있단 말이냐!"

"그래서 제가 가야 한다는 겁니다. 아버지, 남아일언중천금이라고 했습니다. 제가 도움을 주겠다고 했는데 모른 척할 수는 없지 않겠습니까?"

"그렇지. 그럼 다녀오거라. 이왕 간 김에 제대로 처리하고."

"감사합니다."

이어서 아버지는 항주 쪽 이야기를 꺼내셨다.

"그래서, 항주에 갔던 일은 잘 되었느냐?"

"네. 그런데 항주도 조만간 다시 가 봐야 할 것 같습니다. 맛있는 걸 발견했거든요."

"올해도 바쁘게 돌아다닐 모양이구나. 그래도 네가 그리 말할 정도라면 정말 맛있다는 의미겠지. 기대하마."

그렇게 아버지에게 보고를 마쳤다.

"그럼, 소자. 이만 물러가겠습니다."

"그래."

그때 아버지가 나를 부르셨다.

"아! 잠깐 기다리거라."

"네?"

"아마 항주에 다녀오느라 못 들었을 텐데, 얼마 전에 황궁에서 천하백대상단의 순위를 발표했다."

아, 벌써 그럴 시기가 되었구나.

"이번에도 많이 올랐나요?"

"그래, 사십 위까지 올랐다."

저번에 사십구 위였으니 아홉 계단을 올라간 셈이다.

아마 이번에 황실 비단 납품에 성공한 것이 가장 큰 요인이었겠지.

이제 천하제일 상단까지 서른아홉 개의 계단밖에 남지 않았다.

나는 내 처소로 향했다.

하남으로 가야 한다는 것을 팔갑과 호위 무사들에게 말해야 했으니까.

좀 씻기도 해야 하고.

그다음에는…… 현풍국에 가서 일해야지.

.

.

.

다음 날 아침.

오늘도 사부님께서는 내가 운기조식을 마치자마자 나타나셨다.

"좋은 아침입니다."

"사부님 오셨습니까?"

"우선……."

사부님은 나에게 포권하여 고개를 숙이셨다.

"하 표두에게 이야기를 들었습니다. 감사합니다."

나는 얼른 손을 저었다.

"사부님, 제자에게 너무 과분한 예를 보이십니다. 저는 설풍궁의 제자로서 당연히 해야 할 일을 했을 뿐입니다."

"알겠습니다. 그리고 빙련주도 잘 마시겠습니다."

"네. 맛있게 드십시오."

어제 하 표두와 헤어지면서 그에게 빙련주 두 병을 들려 보냈다.

한 병은 그의 몫이고, 한 병은 사부님께 드릴 선물이었다.

"솔직히 저는 제가 죽을 때까지 설풍궁에서 빚은 빙련주를 마시지 못할 거라 생각했습니다."

사부님은 쓴웃음을 지으셨다.

"설풍궁이 멸문당하고, 뒤늦게 찾아가 보았지만, 궁은 모든 것이 철저하게 파괴당해 있었습니다. 심지어…… 빙련주를 보관하는 창고까지도…… 모든 것이 파괴되어 있더군요."

당시를 떠올리시는지 사부님의 표정이 괴로워 보였다.

"제가 괜히 힘든 기억을 떠올리게 한 건 아닌가 싶습니다."

"아닙니다. 저는 무척 감사하고 있습니다. 그리고 아이들에게 서신을 쓸 수 있게 해 주신 것도 감사드립니다."

"다행입니다. 서신을 받으신 무사 분들이 좋아하셨나요?"

"네, 무척 좋아했습니다."

사부님은 미소를 지으며 나를 바라보셨다.

그 눈에는 고마워하는 마음이 가득 담겨 있었다.

"하여 감사한 마음을 담아, 더 최선을 다해 무공을 지도하겠습니다."

아니, 안 그러셔도 됩니다만…….

지금보다 더 열심히 하시면, 제자 죽습니다.

·
·
·

하지만 나는 죽지 않았다.

그걸 보면 나도 참 대단했다. 어떻게 그걸 또 버티냐?

사부님께서 기특한 눈빛을 보내신 것을 보면, 오늘보다도 강도를 더 높이시려는 게 분명했다.

하아, 내일도 잘 버텨야겠군.

그렇게 다짐하면서 하루 종일 밀린 일을 처리하고, 해야 할 일들을 분배했다.

내가 자리를 비우더라도 다른 유능한 직원들이 일을 처리할 수 있도록 말이다.

그런데 묘하게 내가 출타한다는 말에 직원들이 좋아하는 것 같단 말이지.

하지만 어쩔 수 없다.

이렇게 분주하게 움직여야 진호 형의 혼인이 무사히 진행될 테니까.

그때였다.

"도련님, 도련님! 여기 계십니까요?"

"나 여기 있어."

내 대답에 문이 열리고 팔갑이 나에게 후다닥 달려왔다.

"지금 빨리 접빈실로 가 보셔야 할 듯합니다."

"응?"

"황궁에서 손님이 왔습니다요."

잠시 후,

나는 접빈실에서 낯익은 남자와 마주 앉았다.

이전에도 몇 번 만났었던 금의위의 무사, 진영.

"은서호가 대협을 뵙습니다."

"반갑네. 황제 폐하의 성지를 가지고 왔네."

내가 예를 갖추려 하자 그가 손을 저었다.

"내 자네의 충심은 알지만, 그럴 필요 없네."

"아…… 네."

뭐지? 묘하게 날이 서 있는데?

나는 속으로 의아해하며 그가 건네주는 성지를 받았다.

붉은색 비단에 싸인 성지를 풀고, 서신을 꺼내 읽었다.

아, 이것 때문이구나.

항주의 지현이 수도로 곡식을 보내면서 내가 그리하라고 했다는 서신을 같이 보낸 모양이다.

그에 관해서 진영 무사에게 사정을 설명하라는 내용.

그 말은 즉, 진영 무사가 이에 대해 알고 있다는 거겠지. 그래서 묘하게 날카로웠구나.

"이미 황제 폐하께서는 그 곡식들이 뇌물을 받은 돈으로 구한 것임을 알고 계시네."

"역시 영명하신 황제 폐하이십니다."

"어찌하여 그 지현에게 그리하라고 명했는가? 관리들의 처벌은 황제 폐하의 권한인데, 그 권한을 신하 된 자로서 감히 침범함은 중죄이네."

하지만 나도 할 말이 있었다.

"저는 조언을 했을 뿐인데, 조언도 죄가 됩니까?"

"조언?"

"지현의 비리를 알았다고 해도, 처벌할 권한이 저에게 없다는 건 압니다. 모두 현명하신 황제 폐하의 처분에 맡길 뿐이지요."

"그렇지."

"그래서 조언을 한마디 했을 뿐입니다. 그 알량한 목숨이라도 구하고 싶으면 재산을 탈탈 털어서 곡식을 헌납하라고요."

"음……."

"제 말에는 강제성이 없었습니다. 조언이었을 뿐이니까요. 그걸 실행에 옮기든 옮기지 않든 그건 그 지현의 몫이었습니다."

나는 말을 이었다.

"그리고 관리의 처벌 권한은 황제 폐하께 있기에 그리한 것이기도 합니다. 폐하의 마음에 들어야 목숨이라도 건질 수 있지 않습니까?"

"……."

잠시 정적이 흘렀다.

"험험."

진영 무사는 헛기침을 하며 말했다.

"자네의 말이 틀린 것은 아니네만, 그래도 폐하께 보고를 드렸어야 하는 일이네."

"저, 어제 돌아왔습니다."

그만큼 지현이 빠르게 움직인 것이다.

내가 항주에서 출발하기도 전에 춘일이 나에게 이에 대해 말했는데, 내가 조언을 하자마자 즉시 움직였다는 의미다.

그만큼 목숨을 중히 여긴다는 의미겠지.

그러니까 그 '진짜 계약서'에 대해서도 비밀을 지킬 것이다.

일부러 기세를 내보이며 협박했으니까.

"황제 폐하께서 맡기신 일을 처리하고 내일 북경으로 가려고 했습니다. 그런데 마침 이렇게 오셨으니 제가 갈 수고를 덜게 되었군요."

나는 말을 이었다.

"솔직히 지금 황제 폐하께서 다른 관리들이 뇌물을 받아먹는 것에 대해서 모르시지 않을 거라고 생각합니다."

"음, 그렇지."

"하지만 그들을 다 처벌하지 못하는 건, 그랬다가는 행정이 마비되기 때문이 아닙니까?"

"맞네."

"사실 제가 지현에게 그리 조언한 건 황제 폐하를 위한 충심 때문이었습니다."

진영 무사가 고개를 끄덕였다.

"계속하게."

"이번 일을 널리 알리십시오."

"응? 널리 알리라고?"

"예, 그렇습니다. 아마 뇌물을 받아먹었던 이들이라면 이 일이 무슨 의미인지 곧바로 알아챌 것입니다. 죄질에 맞게 곡식을 바치면 용서를 받을 수 있다는 것을요."

"아……."

"그리되면 황궁에서 곡식을 사들이는 부담도 줄어들 것이고, 관리들의 부정부패도 줄어들 것입니다."

내 말을 멍하니 듣고 있던 진영 무사가 정신을 차리고 질문을 던졌다.

"나쁘지 않은 방법이네. 하지만 그리되면 곡식값이 너무 비싸질 텐데?"

"그 역시 맞습니다. 역시 현명하시군요."

"하하하. 내가 좀 그런 편이지."

나는 속으로 피식 웃고는 설명을 이었다.

"올해 곡식값은 평년보다 무척 쌉니다. 보통 대풍이었어야지요. 그러니 그 값이 오른다고 해도 평년과 비슷한 수준일 겁니다."

"그렇군. 하지만 일시적으로 그렇게 용서를 빈다고 해도 결국 손해 본 것을 메우려 뇌물을 더 받아먹으려 할 수도 있네."

"그래서 금의위의 역할이 중요합니다."

"우리 말인가?"

"금의위의 능력이라면, 그 관리들이 얼마나 받아먹었는지를 알아내실 수 있을 거라 생각합니다. 아닙니까?"

"물론 가능하지."

"그러면 곡식을 보낸 이들 중 뇌물을 받아먹어서 용서를 구하는 이들에게 서신을 따로 보내십시오. 그들이 받아먹은 뇌물의 자료를요. 그렇다면 간담이 서늘해서 다시는 뇌물을 받아먹지 못할 겁니다."

"오호…… 좋은 생각이군."

진영 무사는 고개를 끄덕였다.

아까 날카로웠던 기세는 어디로 가고, 지금은 솜처럼 푸근해져 있었다.

"내 황제 폐하께 그대의 말을 전해 주지."

"감사합니다. 잘 부탁드립니다."

"허허, 아쉽구만. 자네 같은 사람이 폐하 곁에서 일을 해야 하는데 말이지."

"……!"

그 말에 내 등에서 식은땀이 흘렀다.

위기다.

나는 애써 겸손하게 말했다.

"소인은 배포가 작아서 그런 큰 일은 하지 못합니다. 진영 무사처럼 대인배가 계신 곳에서 이 소인배는 오래 버티지 못할 겁니다."

"그럴 리가. 폐하께서도 자네를 높게 보고 계시거늘."

어떻게든 화제를 돌려야 하는데…….

아, 진영 무사는 금의위 소속이지.

"하하하. 아, 잠시, 소상이 대인께 고견을 청해도 되겠습니까?"

"편히 말해 보게. 내가 답해 줄 수 있는 거라면 얼마든지 답해 주지."

"감사합니다. 사실은……."

* * *

은해상단을 나온 진영 무사는 하하 웃었다.

'정말 폐하께서 하신 말씀대로군.'

이번에 엄청난 곡식이 헌납된 것에 대해 사정을 알아본 황제는 크게 웃었다.

그러곤 그를 불러 말했다.

"내가 서신 하나 써 줄 테니까 은서호 그 녀석에게 가서 뭐라고 하는지 한 번 듣고 오게나."

"죄를 추궁하라는 말씀이십니까?"

"그 녀석을 추궁해 봤자 헛수고네. 그 녀석은 절대 자신이 걸릴 만한 짓은 하지 않거든. 참 처세에 능한 놈이란 말이지."

"……."

"그 녀석에게 가 보라고 하는 이유는 다른 것이야. 분명 그 녀석은 이에 대해 생각해 놓은 것이 있을 터, 그걸 듣고 오라는 걸세."

"명을 받듭니다."

고개를 숙였던 그가 조심스럽게 말했다.

"폐하께서는 은서호 공을 무척 아끼시는 것 같습니다."

"재밌는 놈이니까. 누가 나를 이리도 웃게 할 수 있단 말이냐?"

"허면 곁에 두고 중요하심이 좋지 않겠습니까?"

"그것도 좋지만, 그 녀석은 팔딱팔딱 뛰는 신선한 생선과도 같은 놈이지."

"네?"

"내 옆에 두면 분명 썩은 생선 눈처럼 생기를 잃어 갈 것이 분명한데 그건 재미가 없지 않나? 그리고 덕분에 내 귀에 들려오지 않는 이런저런 이야기도 들을 수 있고 말이지."

황제의 뜻을 이해한 진영이 그 앞에 부복했다.

"신들의 무능함을 용서하여 주시옵소서."

"아니야, 아니야. 자네들은 따로 할 일이 있으니 내 그에 대해 명하지 않은 것이야. 일어나게."

"성은이 망극하옵니다."

주섬주섬 자리에서 일어나는 그에게 황제가 말했다.

"하지만 간혹 황궁에서 일하라고 말할 때면 그 반응이 재밌어서 참을 수가 없단 말이지."

"네?"

"한 번 자네도 살짝 말해 보게나. 그럼 내 말이 무슨 뜻인지 알 수 있을 테니까."

"기회가 된다면 그리하겠습니다."

"하지만 물러날 땐 적당히 물러나야 하네. 안 그러면

코를 물릴 수 있으니."

진영은 황제가 왜 재밌어서 참을 수 없다고 했는지 알 것 같았다.

그래도 자중해야 했다.

그가 본 은서호는 감히 잠룡이라는 말이 아깝지 않은 존재였으니까.

황제는 코를 물릴 수 있다고 했지만, 그건 황제였기 때문에 가능한 말.

자신 같은 자는…….

통째로 먹힐 거다.

'음, 지금이라도 잘 보여야 하나? 내가 뭐 잘못한 건 없…… 겠지?'

* * *

나는 서둘러 하남으로 떠날 준비를 했다.

하지만 바쁜 와중에도 짬을 내서 아이들이 내게 준 서신을 읽어 보았다.

[사형이 있어서 정말 좋아요. 사부님들이 말씀하시는 거 들었어요. 사형 덕분에 우리가 이렇게 좋은 곳으로 이사할 수 있다고 했어요. 감사합니다]

[사형 덕분에 무척 즐거운 시간을 보낼 수 있었어요. 사실은요 제가 당호로를 처음 먹어 봤어요. 너무 행복했어요]

하나같이 정성들여 쓴 서신이었기에 나도 모르게 눈시울이 붉어졌다.

아이들의 마음이 고스란히 느껴졌기 때문이다.

글자를 모르는 아이들은 그림을 그려서 그 감사한 마음을 전했다.

당호로를 맛있게 먹는 모습이라든지, 나와 놀았던 것 등등을 그린 모습이다.

아이들이 즐거웠다니, 다행이네.

그리고 나에게 채료를 사 달라고 했던 아이의 서신에는 수준급의 그림이 동봉되어 있었다.

바로 서호의 모습을 그린 풍경화였다.

오로지 먹 하나로 농담(濃淡)을 표현했을 뿐인데도 무척이나 아름다운 모습이었다.

이건 족자로 만들어서 내 별당에 걸어 놔야겠네.

나는 그리 생각하며 다른 서신을 펼쳤다.

[저는 커서 오라버니랑 혼인할 것이어요. 저는 오라버니가 너무너무 좋아요. 그러니까 십 년만 기다려 주세요]

"컥! 콜록콜록!"

나도 모르게 기침이 나왔다.

"괜찮으십니까요?"

"어, 괘, 괜찮아."

"어쩌다가 그러셨……."

팔갑의 눈에 내 손에 들린 서신이 보였는지, 팔갑은 미간을 찌푸렸다.

"순진한 여자아이에게 대체 무슨 짓을 하신 겁니까요?"

"그렇게 말하면 내가 쓰레기 같잖아."

"그런데 앞으로 십 년이면……."

"팔갑아."

"네?"

"나가 있어."

.

.

.

이틀 뒤.

나와 팔갑, 그리고 네 명의 호위들은 함께 은해상단을 나섰다.

이번 일에는 무사들의 도움이 필요했기 때문에 은풍대주이신 고일평 외총관께 사 조의 차출을 요청했다.

하지만 그들과 함께 움직이지는 않았다.

내가 먼저 가서 상황을 파악하기 전에 주목받는 건 곤란했기 때문이다.

물론 한재익 소협이 거짓말을 했을 가능성은 없지만, 객관적으로 상황을 파악하고 어떻게 할지 결정해야 했기 때문이다.

하남으로 가는 길은 생각보다 험하지 않았다.

비록 복룡산을 넘어가야 하긴 하지만, 그래도 관도가 있었기 때문이다.

"이거 원, 동에 번쩍 서에 번쩍입니다요."

팔갑의 말에 서우 무사가 말했다.

"하지만, 주군께서 움직이시는 건 당연한 일입니다. 한재익 소협이 지금 위험에 처한 상황이라고 하지 않습니까?"

"그렇긴 합니다요……."

우리 모두 한재익 소협을 겪었기에 그 상황을 듣고 마음이 아팠다.

"그나저나 진짜 나쁜 놈입니다요. 그 마 장주라는 놈 말입니다요."

"맞아. 진짜 나쁜 놈이지."

저번에 한재익 소협이 자신의 여동생이 마 장주의 아홉 번째 부인이 되는 것을 막기 위해 북해로 왔었다.

덕분에 여동생의 불행한 미래는 막았지만, 마 장주의 해코지는 막을 수 없었다.

한재익 소협의 가문은 대대로 작은 무관을 하며 살아온 집안이라고 했다.

크지는 않지만 제법 건실한 무관.

하지만 지역의 거부이자 유지인 마 장주가 한가무관에 다니는 이들을 위협하거나 각종 공작을 가하자, 결국 제자들은 하나둘 무관을 그만두었다.

다들 그 원흉이 누구인지 알고 있으면서도 그에게 해코지를 당할까 우려해서 한가무관을 돕지 못했다.

결국 이를 견디지 못한 한재익 소협의 일가는 마을을 떠나려고 했지만, 습격을 당해 떠나지 못하게 되었다고 한다.

한재익 소협도 다쳤지만, 그의 아버지는 어머니를 보호하다가 크게 다쳐서 거동이 불편할 정도라고.

그러면서 그들을 습격한 이들이 남긴 말은 "도망쳤다가는 정말 죽을 거다."라는 협박이었다고.

게다가 그 마을의 모든 의원이 마 장주를 두려워하여 한재익 소협과 그 아버지를 치료해 주지 않아 아버지의 상처가 악화되고 있다고 했다.

그런 상황에서 한재익 소협은 지푸라기라도 잡는 심정으로 내게 서신을 보내 도움을 청한 것이다.

풍주표국의 사람이 서신을 가지고 왔다니, 그들과는 다행히 괜찮은 관계인 듯하다.

어쨌든 그런 구조 신호를 어찌 모른 척할 수 있을까.

* * *

한재익은 벽에 기대어 무겁게 한숨을 내쉬었다.

'서신은 잘 전달되었을까?'

북해에서 만난 은서호 소단주에게 보낸 그 서신은 자신이 할 수 있는 최선이었다.

그런 그를 어머니가 불렀다.

"재익아."

"네, 어머니."

"아버지가 부르시니 가 보거라."

그는 아버지의 방으로 들어갔다.

아버지는 침상에 누운 채 고통을 참기 위한 신음을 흘리고 있었다.

옆에는 막 붕대를 갈았는지, 피가 묻은 붕대가 대야에 담겨 있었다.

하지만 그들이 지금 할 수 있는 것은 그들을 딱하게 여긴 의원이 지나가듯 말해 준 약초를 구해 쓰는 정도뿐이었다.

"아버지. 저 왔습니다."

아버지가 간신히 눈을 뜨고 힘겹게 입을 열었다.

"재익아."

"네, 아버지."

"미안하구나. 네 말대로 서둘러 이곳을 떠나야 했다. 내가 괜히 고집을 부려서……."

"그런 말씀 마세요. 아버지께서도 아버지의 사정이 있으셨잖아요."

처음 한재익은 아버지에게 빨리 이곳을 떠나자고 말했

다. 하지만 아버지는 조상 대대로 살아온 이 땅을 떠날 수 없다고 했다.

하지만 그때 떠났어야 했다.

지금은 떠나고 싶어도 떠날 수 없었다. 이미 때는 늦었다.

지금 마 장주는 한재익의 가족을 서서히 말려 죽이는 중인 것이다.

자신의 명을 거역한 대가로.

이 마을에서는 마 장주의 말이 법이니까.

지금 마 장주의 의도는 분명했다.

말라 죽고 싶지 않으면 숨겨 놓은 여동생을 데리고 오라는 것.

북해빙궁에 입궁했다는 말은 전혀 믿지 않고 있는 것이 분명했다.

북해에서 돌아올 때 다른 표국의 표사에게 의뢰하였고, 마을 가까이에 왔을 때 헤어진 만큼 이를 증명해 줄 자들도 없었으니까.

하지만 그게 아니더라도 한재익은 여동생을 마 장주에게 보낼 생각이 없었다.

그간 마 장주의 부인이 된 여자들이 일 년도 지나지 않아 급사했다는 것을 아니까.

마 장주의 위세 때문에 다들 쉬쉬했지만, 아는 자들은 안다.

마 장주의 부인이 되었던 이들이 얼마나 끔찍하게 죽었는지.

그런 와중에 우연히 듣게 된 북해빙궁의 문이 열렸다는 소식은 한 줄기 빛이었다.

그래서 결단을 내린 것이다.

"후우……."

그는 아버지의 방을 나와 땅이 꺼져라 한숨을 내쉬었다.

문득 고개를 들자, 칠흑같이 어두운 밤하늘이 보였다.

마치 그들의 미래처럼.

하지만 이내 그는 주먹을 굳게 쥐었다.

"이대로 우리가 죽는 한이 있어도, 재인이를 보낼 순 없지. 너만큼은 부디 행복해야 한다……."

그리 생각하는 그의 눈에 밤하늘의 별이 보였다.

참 속도 없이 반짝인다는 생각이 들었다.

'그나저나…… 이제 식량도 얼마 남지 않았는데…….'

식량뿐만 아니라 땔감도 부족하여 부모님의 방 정도만 간신히 덥히고 있었다.

이대로 얼마나 더 버틸 수 있을지…….

막막했다.

툭-!

그때였다. 뭔가 마당에 떨어지는 소리가 들렸고 그는 그곳으로 다가갔다.

마당에는 웬 커다란 보따리가 있었다.

"이게…… 뭐지?"

한재익은 조심스럽게 그 보따리를 풀어 보았다.

"음?"

그 안에는 쌀, 고기, 생필품, 숯을 비롯하여 금창약 같은 것들이 야무지게 들어 있었다.

그리고 동봉되어 있는 서신.

[보내신 서신은 잘 받았습니다. 북해에서의 인연과 제 약속 잊지 않고 있습니다. 조금만 더 기다려 주십시오.]

"아……."

누가 보낸 것인지 알 것 같았다.

저도 모르게 눈물이 흘러나왔다.

은서호 소단주는 자신을 잊지 않고 있었다.

그는 감정을 추스르고는 다시 고개를 들어 하늘을 바라보았다.

아까는 구름에 가려 보이지 않았던 은빛의 달이 그를 향해 웃어 주고 있었다.

* * *

하남은 황하강 남쪽에 있다고 하여 붙은 지명이다.

황하강 덕분에 땅이 무척 비옥하여 농사가 잘되었고, 오랫동안 중원의 중심에 위치한 덕분에 상업도 발달한 곳이다.

마 장주의 가문인 마가장은 오랫동안 이 마을에서 살아

온 유지 중 하나이다.

면화를 재배하여 부를 축적했고, 이를 상업에 투자하여 제법 재미를 보았다.

현재 마가장의 장주는 마정.

그는 태경현 제일의 거부였고, 태경현이 속한 주에서도 열 손가락 안에 들 정도였다.

그렇기에 태경현에서는 그의 말이 곧 법이나 다름없었다.

심지어 지현조차도 그를 거스르지 못했다.

그도 그럴 것이 마정의 눈 밖에 나면 아무리 지현이라고 해도 비명횡사할 수 있었기 때문이다.

마정은 그 풍부한 자금력으로 상당한 수준의 사병 조직을 유지하고 있었다.

재산이나 목숨을 지키기 위해 일정 수준까지는 국법에서도 사병의 보유를 허용하고 있었고.

문제는 그들이 마정의 이름 아래 온갖 행패를 다 부리고 있다는 것이지만, 그런 건 마정의 관심사가 아니었다.

오직 자신이 즐거우면 되는 거다.

하지만 그런 그에게 눈엣가시가 있었으니 바로 한가무관이다.

"감히 내 명을 거역하고 그년을 숨겨?"

우연히 보게 된 한재인이라는 소녀가 자신의 마음에 쏙 들었다.

하여 자신의 아홉 번째 부인으로 낙점했는데, 괘씸하게도 그녀를 숨긴 것이다.

"내가 예뻐해 준다는데 말이지."

그녀의 아버지는 자신의 딸 한재인이 북해빙궁에 입궁하게 되었다고 했다.

하지만 그는 그 말을 믿지 않았다.

그가 듣기로는 열 명이 가도 다섯 명 정도만 살아서 입궁할 수 있는 곳이라고 했다.

그런데 그런 곳에 보냈다고?

'말이 되는 소리를 해야지!'

하여 그는 그들을 서서히 말려 죽이는 중이었다. 죽기 싫으면 여동생을 내놓겠다고 할 터.

지금까지 그는 제 뜻을 모두 이루며 살았다. 그 어떤 것도 자신을 가로막는 것이 없었다.

그때 시종이 그에게 말했다.

"주인 어르신, 무림맹에서 찾아왔습니다."

"아, 그래? 접빈실로 모셔라."

"네."

하지만 그는 이 작은 태경현에 만족하지 않았다.

무림맹을 통해 자신의 영향력을 더 넓히고, 나아가 전 중원을 아우르고 싶었다.

무림맹은 그러기 위한 중요한 거래 상대였다.

* * *

나는 태경현이 아닌, 바로 옆에 붙은 현에 머무르고 있었다.

태경현은 그리 넓은 편이 아닌 데다가, 마 장주의 영향력이 너무 컸다.

그러니 우리가 그 현에서 묵게 되면 우리에 대한 것들이 그 마 장주라는 자의 귀에 다 들어가게 될 터.

이곳에서 묵고 있지만, 마 장주에 대해 조사하는 건 그리 어렵지 않았다.

워낙 유명한 인물이었으니까.

물론 좋지 않은 쪽으로 말이다.

팔갑은 수집해 온 정보를 내게 보고하며 분통을 터뜨렸다.

"마 장주라는 자는 정말 썩을 놈의 새끼였습니다요. 자신을 보고 인사하지 않았다고 열 살짜리 아이를 때려서 다리를 못 쓰게 만들었답니다요."

"……진짜?"

"진짜라고 합니다요. 그걸 본 사람도 여럿입니다요. 그리고 자신의 생일날 축하 인사를 오지 않았다고 손목을 잘랐다고 합니다요."

"……."

내가 생각했던 것보다 훨씬 더 나쁜 놈이구나.

이 정도면 지현이 나설 법도 한데…….

"사병이 백 명이 넘는데, 일류 무사만 스무 명이라고 합니다요."

팔갑의 말에 고개를 끄덕일 수밖에 없었다.

지현은 자신의 목숨을 지키는 데 급급했을 거다.

법은 멀고 주먹은 가깝다는 말이 있지.

마 장주는 저 작은 태경현의 왕으로 군림하고 있는 것이다.

그래 봤자 내가 있는 이곳보다 작은 현인데 말이지.

그런데 태경현이 속한 주(州)의 지주는 뭘 하기에 개입하지 않는 거지?

뭐, 뻔하다. 거하게 받아 처먹었겠지.

이곳은 호북이 아닌 안휘성과 하남성의 경계에 면한 곳이다.

그러니 큰 문제를 일으킨 게 아니라면 적당히 넘어갔을 터.

내가 이곳에 온 목적은 한재익 소협과 그 부모를 구출하는 것이다.

하지만 아버지께서 이왕 간 김에 제대로 처리하라고 말씀하셨다.

한재익 소협의 가족만 쏙 빼 온다고 해도 마 장주는 이 일을 용납하지 못할 거다.

저런 인물은 보지 않아도 뻔하다.

쓸데없이 자존심이 강하고, 자신의 뜻대로 일이 진행되지 않는 것을 절대 참지 못하지.

즉, 우리 은해상단에 해코지를 할 가능성이 높다.

그런다고 우리가 큰 피해를 보는 건 아니지만, 귀찮아질 거다.

그러니 어쩌겠는가?

강제로 용납하게 해 줘야지.

그런데 마정이라는 인물에 대해 이전 삶에서 들은 기억이 나는 것 같은데?

어디서 들었더라?

그때 진유 무사가 문을 두드렸다.

마가장을 감시해 달라고 했는데 무언가 일이 있는 모양이다.

"들어오십시오."

"주군, 보고 드릴 것이 있습니다."

"네, 말씀하세요."

"지금 마가장으로 제가 아는 이가 들어갔습니다."

"네?"

"무림맹의 인물입니다."

그 말에 마정이라는 이름을 어디서 들었는지 떠올랐다.

"이번에 백천상단에서 마정이라는 자 덕분에 면화를 싼값에 얻을 수 있었다고 합니다. 그래서 싼 값에 물량 공세를……."

이전 삶에서 백천상단에 대한 보고를 들을 때 언급되었던 이름이었다.

그러니까 즉, 무림맹의 조력자라는 의미다.

미운 놈이 미운 짓만 골라 한다고, 이거 더더욱 가만두면 안 되겠네.

마 장주가 태경현에서 왕처럼 군림하는 것은 그에게 힘이 있기 때문이다.

그 힘은 어디에서 나오는가?

바로 태경현 제일의 거부라는 재력에서 나오는 거다.

그렇다면 그 재력을 빼앗아야겠지.

어떻게 하면 빠른 시일 내에 효과적으로 마 장주를 무너트릴 수 있을까?

고민하는 내게 진유 무사의 말이 들려왔다.

"저…… 보고 드릴 것이 남았습니다."

"아, 네. 말씀하세요."

"그들이 무슨 대화를 하는지 궁금해서 그 안에 잠입하여 그 내용을 듣고 왔습니다."

"네?"

"저보다 경지가 높은 자들이 있는 건 아니어서 그리 어렵진 않았습니다."

하긴 진유 무사는 절정의 경지니까.

그곳에 일류무사가 여럿 있다고는 하지만, 절정무사는 없을 테고.

"이번에 무림맹에서 크게 투자하여 표국을 하나 세운다고 합니다. 하여 그곳에 투자할 것을 권했습니다."

"무림맹에서는 마 장주가 돈을 투자하는 것에 대한 대가로 무엇을 제시했나요?"

"수익의 일 할입니다."

"……너무 적은 것 아닌가요?"

"투자금이 많지 않은 것 같습니다."

음, 마 장주가 생각보다 조심스러운 사람이었나.

그나저나 무림맹에서 투자해서 세운다는 표국이 뭔지 알 것 같다.

이전 삶에서도 그들이 표국 사업에 뛰어들었다가 대차게 망했으니까.

우선 백천상단은 표국이 필요 없다. 무림맹의 지원을 받는 곳이기에 상단 자체적인 무력이 뛰어난 편이니까.

하지만 표국 사업이 매력적으로 보였는지, 다른 표국들이 번성하는 게 배가 아팠는지 표국을 하나 세웠다.

그 표국이 바로 [백운표국]이다.

처음 백운표국은 무림맹 출신 무사들로 이루어진 표국이라는 것 때문에 전국에서 표행 의뢰가 밀려왔었다.

하지만 표행이라는 것은 엄연히 운송과 호위를 제공하는 사업이다.

즉, 고객인 의뢰하는 상단을 존중해 줘야 하고 때론 굽실거리는 것도 필요하다는 거다.

하지만 평소에도 고개를 빳빳하게 들고 다녔을 무림맹 출신 무사들이다.

고개를 숙인다는 건 있을 수 없는 일.

결국, 이런저런 마찰이 생기며 고작 반년 만에 말아먹었다.

말 그대로 대실패.

당연히 원금 회수는 꿈도 꾸지 못했다.

너무 충격적인 사건이기에 내 기억에 뚜렷이 남아 있었다.

나는 진유 무사에게 물었다.

"마 장주가 그 제안을 수락했나요?"

"수락했습니다. 하여 닷새 후에 계약서를 쓴다고 하더군요."

문득 좋은 생각이 떠올랐다.

"팔갑아. 마 장주하고 약속 좀 잡아 봐."

.

.

다음 날.

나는 인근 포목점에 들러 화려한 비단옷과 장식품을 사서 일행들을 꾸몄다.

당연히 나도 화려하게 꾸몄고.

그러고는 말을 타고 당당하게 마가장으로 향했다.

잠시 후, 마가장에 도착하자 문지기가 우리에게 물었다.

"어디서 오셨습니까?"

팔갑이 나서서 말했다.

"은해상단의 은서호 소단주님이십니다요."

"아! 기다리고 있었습니다."

문지기는 얼른 고개를 숙였다.

"잠시만 기다려 주십시오."

그는 얼른 문 앞의 종을 울렸고, 곧 안에서 시종으로

보이는 자가 달려왔다.

"은서호 소단주님이시네."

"예, 이쪽으로 드십시오."

우리는 문지기에게 말을 맡기고 그의 안내를 받아 접빈실로 향했다.

그 와중에 슬쩍 마가장을 살폈다.

나름 공을 들여 꾸민 것 같기는 한데, 솔직히 아름답게 느껴지지는 않았다.

조화롭게 잘 꾸며진 것이 아니라 비싼 돌이나 나무, 예술품 등을 닥치는 대로 사서 마구잡이로 배치한 것에 불과했다.

그리고 곳곳에서 보이는 하인과 하녀들의 표정에서는 즐거움 같은 건 전혀 보이지 않았다.

그저 하루하루 마지못해 사는 듯한 모습.

그야말로 이곳은 꿈도 희망도 없는 곳이네.

나는 속으로 혀를 차며 접빈실로 들어갔고, 이내 하녀가 차와 과자를 내왔다.

나에게까지 돈 자랑을 하고 싶은 것인지, 하나같이 비싼 종류들이었다.

일각 후.

문이 열리고 한 남자가 들어왔다.

머리가 반 정도 벗겨진 배불뚝이 중년인이었다.

나름 멋을 낸다고 수염을 길게 기르고 있었고, 비싼 비단옷을 입고 있었다.

얼굴에 기름기가 잘잘 흐르는 것이 잘 먹고 잘 산다는 것이 한눈에 보였다.

나는 자리에서 일어나 그에게 포권하여 인사했다.

"처음 뵙겠습니다. 은해상단의 소단주 은서호입니다."

"마가장의 장주 마정이네. 만나서 반갑네. 앉게나."

"네. 감사합니다."

그는 수염을 쓰다듬으며 말했다.

"다과는 입에 맞나 모르겠군."

"이곳에서 명차 중 하나인 용정차를, 그것도 상급의 용정차를 대접받을 줄은 몰랐습니다."

"하하하! 역시 차를 볼 줄 아는군."

"은해상단의 소단주로서 기본 소양입니다."

"그래, 나도 은해상단에 대해서는 잘 알고 있네. 요즘 잘나가고 있다지. 그래서 좀 놀랐다네. 그 은해상단의 소단주가 나에게 만남을 요청하다니 말이야."

"사실, 이 근처에 상점을 하나 열까 생각 중입니다. 그러니 응당 이 주변의 유지 중 가장 거부이신 마 장주님을 찾아뵙고 인사드리는 것이 당연한 일 아니겠습니까?"

"하하하. 젊은 상인이 참 예의가 바르군."

"사실, 장주님을 가장 먼저 찾아뵙는 것입니다."

"그렇군. 잘 찾아왔네."

그는 은해상단의 소단주인 내가 굽히고 들어오는 것에 만족스러웠는지, 연신 미소를 지었다.

원하는 바다.

그렇게 기분이 좋아야 사리분별이 잘 안 되거든.

"오늘 만남을 기념하여 선물을 하나 준비했습니다."

"선물을 말인가?"

"예."

팔갑에게 눈짓하자, 팔갑은 들고 있던 작은 상자를 탁자 위에 올려놓았다.

"제 작은 성의입니다."

마 장주는 상자를 열어 보았고, 고개를 갸웃했다.

"이건 무엇인가?"

"펼쳐 보십시오. 제가 힘들게 구한 그림입니다."

그 말에 그는 두루마리를 펼쳤다.

"문백이라는 화사의 그림인데, 요즘 북경에서 아주 유명한 화백으로 고관대작들도 그 그림을 구하는 게 힘들다고 하더군요."

"오? 그런가?"

내 설명에 그의 얼굴이 활짝 펴졌다.

나는 차를 마시며 슬쩍 웃음을 감추었다. 사실 그 그림, 가짜다.

그냥 내가 슥슥 제멋대로 그린 그림이었으니까.

하지만 북경에서 문백이라는 화사가 유명하다는 말은 진짜다.

그러나 마 장주는 정저지와(井底之蛙), 우물 안 개구리 같이 이 작은 태경현에서 왕처럼 사는 자다.

북경의 소식에 대해 그리 밝을 리도 없고, 안다고 해도 이름 정도를 아는 게 다일 터.

당연히 문백 화사의 그림을 본 적도 없을 테니, 연신 고개를 끄덕였다.

그리고 내가 연기가 좀 뛰어나기도 했으니까.

"나중에 제법 값이 오를 겁니다. 다만, 그걸 남에게 보이지는 말아 주셨으면 합니다."

"어째서인가?"

"방금 말씀드렸다시피 고관대작들도 구하기 힘든 그림입니다. 그런데 저와 같은 일개 상인이 그 그림을 구했다는 것이 알려지면 그 그림을 구해 준 자도 그렇고 여러 사람이 곤란해지기 때문입니다."

"음, 확실히 그렇겠군."

"그리고 격이 있는 이들은 조용히 자신만의 공간에서 그림을 감상하는 법이지요."

"그렇지."

나중에 이 그림이 가짜라는 것이 밝혀져서 마 장주가 나에게 따진다고 해도 별 상관은 없다.

나 역시 사기당했다고 하면 되니까.

하지만, 과연 마 장주가 나에게 따질 수나 있을까?

나는 마 장주와 이런저런 소소한 이야기를 나누다가 생각났다는 듯이 말했다.

"아, 그러고 보니 이번에 무림맹에서 표국 사업을 벌인다는 말이 있더군요."

"그, 그런가?"

내 말에 마 장주는 살짝 당황한 표정을 지었다. 내 입에서 자신이 알고 있는 일이 언급되었으니까.

"제 지인이 말해 줘서 알게 되었습니다. 무림맹 출신의 무사들로 이루어진 표국이라! 정말 멋지지 않습니까?"

"음, 그렇지……."

"들으니 벌써 투자금이 제법 모였다고 합니다. 그리고 제 지인은 수익의 삼 할을 먹는다고 하더군요."

그 말에 마 장주가 고개를 갸웃했다.

"삼 할을 먹는다고?"

"그만큼 많은 돈을 투자했으니까요. 그리고…… 남…… 아차! 죄송합니다."

나는 얼른 입을 막았다.

이에 마 장주가 고개를 갸웃하며 물었다.

"무슨 일인데 그러나?"

"죄송합니다. 이건 비밀이라서……."

"허허, 우리 사이에 비밀이라니. 서운해지려고 하네."

"이건 진짜 비밀입니다. 못 들은 것으로 해 주십시오. 이리 부탁드립니다."

나는 죄송하다는 표정으로 고개를 숙였지만, 이 욕심 많은 마 장주가 이대로 넘어갈 리가 없다.

"아직 나를 믿지 못하나 보구만. 내 신뢰에 대한 증거로 자네가 여는 상점에 대해 지현에게 잘 말해 주겠네."

"……그렇게까지 말씀하시니 할 수 없군요. 대신 절대 다른 곳에 말씀하지 말아 주십시오."

"물론이지. 내가 제법 입이 무겁네."

나는 그에게 가까이 다가가며 작은 목소리로 말했다.

"사실, 남궁세가에서도 이 사업에 투자했다고 합니다. 남궁세가가 보통 가문입니까? 천하팔대세가의 일원이자, 안휘성을 휘어잡고 있는 곳 아닙니까?

"그렇지."

"하여 저 역시 적게나마 투자하려고 준비 중입니다."

"……."

"제 개인적인 자금이 얼마 되지 않아서 아쉬울 뿐입니다. 두 배, 아니 스무 배 이상으로 벌 수 있는 사업인데 말입니다."

"음……."

이쯤이면 충분하다.

더 무리했다가는 의심을 살 수도 있으니까.

하지만 남궁세가가 백운표국에 투자한다는 건 거짓말이 아니다.

이전 삶에서 남궁세가는 백운표국에 투자했지만, 큰 손해를 보기 전에 얼른 빠져나와서 결국 그 이름을 믿고 투자했던 이들만 손해를 봤지.

나쁜 새끼들.

아무튼, 지금은 그 이름이 마 장주를 꾀어낼 미끼가 되고 있었다.

"아, 그나저나 장주님께 여쭙고 싶은 게 있습니다."

"그래, 무언가?"

"혹시 이 근처에 사들일 만한 목화밭이 있습니까?"

"목화밭을?"

"예, 아시다시피 저희 은해상단이 포목으로도 유명하지 않습니까? 하여 자체적으로 목화를 생산하는 게 좋을 듯해서 목화밭을 구하고 있습니다."

"얼마나 필요한가?"

"많을수록 좋습니다. 가격도 괜찮게 쳐 줄 생각입니다."

"음, 내 알아보겠네."

"감사합니다."

그렇게 대화를 마치고, 마 장주는 문 앞까지 나를 배웅했다.

"말을 타고 왔는가?"

"네. 마차는 영 답답해서 말입니다."

"비단옷이 상할 텐데 괜찮겠는가."

"괜찮습니다. 망가지면 또 지어 입으면 되는데 무슨 걱정입니까?"

"음, 그건 그렇지. 잘 가게나."

"네, 오늘 즐거웠습니다."

그리고 우리는 말을 몰아 객잔으로 향했다. 팔갑은 힐끔 뒤쪽을 일별하고는 나에게 소곤거렸다.

"걸려들까요?"

"확실한 건 없어. 하지만 가능성은 높지."

내가 볼 때 내 계략에 마 장주가 걸려들 가능성은 구할 이상이다.

                    * * *

은서호가 돌아가고, 마 장주는 고민에 빠졌다.
귓가에 은서호가 했던 말이 맴돌았다.

"제 지인은 수익의 삼 할을 먹는다고 하더군요. 그만큼
많은 돈을 투자했으니까요."

"사실, 남궁세가에서도 이 사업에 투자했다고 합니다.
남궁세가가 보통 가문입니까? 천하팔대세가의 일원이자,
안휘성을 휘어잡고 있는 곳 아닙니까?

"제 개인적인 자금이 얼마 되지 않아서 아쉬울 뿐입니
다. 두 배, 아니 스무 배 이상으로 벌 수 있는 사업인데
말입니다."

그는 어제 찾아온 무림맹의 사람에게 투자금을 밝혔
고, 일 할이라는 수익금을 약속받았다.
하지만 그 정도로는 자신이 원하는 만큼의 수익을 얻을
수 없다.
더군다나 그는 이 태경현만이 아닌 전 중원에 자신의
이름을 알리려는 야망을 품고 있었으니까.
"덕배야."

그는 자신의 호위무사를 불렀다. 제법 눈썰미가 좋아 아끼는 자이다.

"네, 장주님."

"아까 은서호라는 자, 진짜 본인이 맞는 것 같으냐?"

"예, 저는 맞다고 확신합니다. 그 비싼 비단옷을 입고도 망설임 없이 말에 오르는 모습도 그렇고, 시종이나 호위무사들 역시 비단옷을 입고 말을 타는 데 어색함이 없었습니다."

"그래?"

"보통 일부러 꾸민 것이라면 어색함이라든지, 뭔가 허술함이 보이기 마련입니다만…… 그런 것이 전혀 없었습니다."

"그렇단 말이지."

그렇다면 은서호의 말대로 그 표국 사업은 자신에게 항구적인 부를 가져다줄 사업이 분명했다.

며칠 후.

약속대로 그는 무림맹의 사람을 만났다.

"여기 계약서입니다. 읽어 보십시오."

마 장주는 서류를 읽는 대신 그에게 물었다.

"혹시, 이 사업에…… 남궁세가도 투자합니까?"

"……!"

그 말에 무림맹의 사람이 깜짝 놀랐다.

"그걸 어찌 알았소?"

"……험험, 나 역시 이런저런 귀가 있소이다."

"하긴…… 마 장주 정도 되는 분이 그런 귀가 없을 리는 없으니……."

사실을 확인한 마 장주는 마음을 굳혔다.

"계약서를 다시 씁시다. 돈을 더 투자하겠소."

.

.

.

무림맹의 사람은 계약서를 다시 써 오겠다며 환한 미소를 지으며 돌아갔다.

마 장주는 총관을 불러 자신의 뜻을 밝혔다.

"네? 그 거액을 투자하시겠다는 겁니까?"

"그래."

총관은 걱정이 되었지만, 차마 반대할 수가 없었다.

그의 뜻이 확고해 보이는데 그걸 거슬렀다가는 좋은 꼴을 보지 못할 테니까.

"하, 하지만 이번에 목화를 판 돈을 다 긁어모아도 말씀하신 금액에는 한참 부족합니다."

"은 소단주에게 연락해. 여기 좋은 목화밭이 있다고."

* * *

객잔에서 열심히 일을 처리하고 있을 때 팔갑이 객실로 들어오며 말했다.

"도련님, 마 장주에게 연락이 왔습니다요."

"그래?"

"네. 좋은 목화밭이 있다고 합니다요."

나는 씩 웃었다.

"걸려들었네."

"바로 가실 채비를 할까요?"

"아니. 한 이틀 정도 뒤에 갈 거야."

"네? 어째서입니까요?"

"쓸데없는 의심은 피해야지. 내가 얼른 달려가면 그쪽에서 '혹시?'하고 미심쩍은 눈으로 볼 수도 있어. 그럼 곤란해."

나는 말을 이었다.

"이왕 할 거 확실히 속여야지."

"……."

질린 듯한 팔갑의 표정을 보고 나는 고개를 갸웃했다.

"왜 그런 눈으로 봐?"

"제가 도련님의 적이 아니라 시종이라서 천만다행이라는 생각이 들었습니다요."

"실없기는……."

그때 창문을 통해 금령이 들어왔다.

"꾸이!"

"왔구나!"

금령은 두루마리 하나를 물고 있었다.

내가 절강성 항주로 보냈다가 이제 막 돌아온 것이다.

빙해린 소궁주가 머물고 있다는 것을 알기에 거기에 보냈었고, 한재익 소협 가족을 위해 얻어야 하는 것을 얻을 수 있었다.

이틀이 흘렀다.

나는 인근 포목점에서 미리 준비한 새 비단옷을 입었다. 그리고 팔갑과 호위무사들 역시 새 비단옷을 입게 했다.

"이렇게 비단옷을 자주 입어 보다니, 행복합니다. 하하하."

호탕한 웃음을 터뜨리는 여응암 무사를 본 이필 무사도 피식 웃으며 그 말을 받았다.

"그나저나 이제는 비단옷에 완전히 적응되신 듯합니다."

"주군과 함께 다니다 보니, 적응이 안 되려야 안 될 수가 있어야지."

"하긴, 그렇긴 하죠."

두 무사의 대화를 들으며 나는 미리미리 비단옷을 입혀서 적응하게 하길 잘했다는 생각이 들었다.

우리는 곧 마가장에 도착했다.

"어서 오십시오! 기다리고 있었습니다."

오늘은 시종이 문 앞에서 기다리고 있었다. 그만큼 애가 탄다는 의미겠지.

진유 무사가 알아 온 정보대로라면, 무림맹에서 다시

계약서를 가져오는 건 내일 오후쯤이다.

그래서 그 전날 이렇게 온 것이다.

시종을 따라 접빈실로 향하자, 예의 비싼 다과가 준비되어 있었다.

차는 이전처럼 상급의 용정차였고, 과자는 이전과 다른 것이었다.

그렇게 차를 음미하고 있자, 마 장주가 다가오는 소리가 들렸다.

한 잔을 다 마시지도 않았는데 오는 것을 보니 어지간히도 급한가 보군.

다급히 열리는 문이나, 흐트러진 옷차림을 보아하니 뛰어온 것 같다.

"마 장주님을 뵙습니다."

"그래, 또 만나는군. 앉게."

"감사합니다."

"그나저나 내가 전갈을 보낸 것이 이틀 전인데…… 왜 이리 늦었나?"

"송구합니다. 제가 맡은 일이 제법 많다 보니 시간을 내는 것이 어려웠습니다. 아시다시피 황제 폐하께서 저희 상단에 맡기신 일도 있고 해서 말입니다."

황제 핑계를 대자 마 장주가 헛기침을 하며 말을 돌렸다.

"험험. 그, 그런 일이라면 어쩔 수 없지."

"양해해 주셔서 감사합니다."

"그나저나 자네가 좋은 목화밭을 찾는다고 해서 이리 청했네."

"아, 맞습니다."

"하지만 이 근처의 목화밭은 내가 가진 것뿐이네. 그런데 자네가 제법 급해 보여서 말이지."

돈이 급해서 목화밭을 파는 주제에 어떻게든 주도권을 놓치지 않으려고 애쓰는군.

"사실 그렇게까지 급하지는 않습니다. 당장 사업을 꼭 시작해야 하는 것도 아니고, 꼭 여기서 해야 하는 것도 아닙니다."

"하, 하. 그야 그렇지만 내가 가진 목화밭만큼 질이 좋은 목화를 생산할 수 있는 곳은 별로 없을 거네. 이건 자신할 수 있지."

정말 잘 넘어오는군.

"음, 당장 파실 수 있으십니까?"

"물론이네. 자네가 필요하다면야 얼마든지."

"혹시 몇 평이나 파실 생각이십니까?"

"십육만 평일세."

월척이네. 내가 미리 알아본 정보대로라면 마 장주가 소유한 목화밭 전체가 십육만 평 정도 된다.

즉, 그걸 전부 판다는 의미다.

솔직히 별로 권하고 싶지 않은 투자 방식이지만, 나야 좋지.

미끼를 제대로 물었군.

"금자로 이천 냥 드리겠습니다."

"좀 더 주게나."

"그러면 이천백 냥 드리죠."

그렇게 우리는 한 시진 남짓 치열한 협상 끝에 거래를 마쳤다.

금액은 이천삼백 냥.

계약서를 품에 넣는 나를 보며 마 장주가 물었다.

"대금은 언제쯤 줄 수 있는가?"

"내일 오전에 곧바로 드릴 수 있습니다."

"정말인가?"

"네, 필요하시면 전장에서 찾아 그 자리에서 드려도 됩니다."

"좋네. 혹시 호위가 부족하면, 내가 빌려줄 수도 있네."

"그래 주시면 저야 감사하죠."

나는 차를 마시고는 작게 미소 지었다.

현재 시세보다 조금 비싼 가격에 목화밭을 사는 것이지만, 이건 결코 손해가 아니다.

오히려 내게 큰 이득을 가져다줄 거래다.

지금의 추위는 앞으로 다가올 추위에 비하면 추위도 아니다.

그런 상황에서 목화의 수요 역시 급증한다.

돈 있는 사람들은 짐승의 가죽으로 옷을 지어 입었지만, 그럴 수 없는 서민들에게는 목화솜을 넣은 옷과 이불밖에는 방한용품이라고 할 만한 것이 없었기 때문이다.

하여 목화 값도 천정부지로 치솟았지.

아마 이전 삶에서 마 장주는 목화를 팔아서 제법 많은 돈을 만졌을 거다.

그걸로 백운표국 투자에서 본 손해를 만회했겠지.

하지만 이번에는 내 차지다.

마 장주 같은 자들이 부를 가지고 있으면, 애꿎은 이들만 힘들어지는 법이지.

그나저나 이렇게 땅을 다 팔아넘기는 것을 보면, 수중의 돈 대부분을 투자할 생각인 것 같은데…….

그러면 수익금이 들어올 때까지 좀 힘들 터.

"장주님."

"왜 그러는가?"

"솔직히…… 투자금을 한 번에 무림맹에 보내는 건 좀 부담스럽지 않습니까?"

"…….."

그는 대답하지 않았지만, 그 자체가 대답한 거나 마찬가지.

"솔직히 그쪽도 그 돈이 한 번에 전부 필요한 건 아닐 겁니다. 그러니 어음을 주시지요."

"어음을?"

"네. 전장을 끼고 어음을 발행하는 겁니다. 그러면 무림맹 쪽도 그 돈을 옮기는 데 부담이 없고, 장주님도 부담이 줄어들지 않겠습니까?"

"아…… 그렇겠군. 역시 많은 돈을 굴리는 집안의 자제라 그런지 똑똑하군."

"하하하, 과찬이십니다."

내가 마 장주에게 어음을 권하는 건 다 이유가 있다.

"아, 그런데 이 마을에 혹시 한가무관이라는 곳이 있습니까?"

"음? 거, 거긴 왜 묻는가?"

내 물음에 마 장주가 긴장한 표정으로 되물었다.

"사실, 저번에 북해 쪽에 갈 일이 있었습니다. 장주님도 아시다시피 저희 은해상단이 이번에 질 좋은 가죽들을 대거 유통하고 있잖습니까?"

"아, 그래, 들어 본 적이 있네."

"그 거래를 위해 갔다가 우연히 한 남매를 만났습니다. 그래서 통성명을 하게 되었는데 하남성 태경현의 한가무관이라는 곳에서 왔다고 하더군요. 분명 이름이 한재익 소협과 한재인 소저였던 것 같은데……."

"하하하. 물론 알고 있네. 그런데 그들이 왜 거기에……?"

"아! 여동생을 북해빙궁에 입궁시키기 위해서 왔다고 하더군요. 북해빙궁 소궁주의 요청이 있었다고 합니다. 하여 북해에서 만난 인연도 있고 저도 그곳이 궁금하고 해서 함께 북해빙궁의 객잔까지 갔었습니다."

"객잔?"

"네. 북해빙궁 앞에는 객잔이 있더군요."

내 말이 이어질수록 마 장주의 안색은 점점 창백해지고 있었다.

"혹시, 어디 불편하신 곳이라도 있으십니까?"

"아, 아니네. 그래서 어떻게 되었나? 그 재인이……."

"아, 한재인 소저는 무사히 북해빙궁에 입궁했습니다."

"……."

* * *

은서호가 돌아가고, 마 장주는 다급히 호위를 불러 물었다.

"덕배야. 북해빙궁 앞에 객잔이 있다던데? 사실이냐?"

"예, 제가 듣기로도 객잔이 있습니다. 남자들이 갈 수 있는 유일한 장소라고 들었습니다."

"……."

"젠장!"

그는 주먹으로 탁자를 내리쳤다.

"왜 그러십니까?"

호위의 물음에 마 장주가 분통을 터트렸다.

"한재인, 그년의 아비가 말한 게 사실이었어! 재인이 그년이 진짜 북해빙궁에 들어갔다더군."

"……."

그에 덕배 무사가 걱정스러운 얼굴로 말했다.

"그렇다면 큰일입니다. 만약 장주님께서 한가무관에 하신 일에 대해 듣는다면…… 나중에 복수를 하려고 할 수도 있습니다."

"그건 나중 문제고, 지금은 그것보다 더 큰 문제가 있다. 내가 내일모레 직접 은서호 소단주를 한가무관에 안내해 준다고 했으니까."

조금만 알아봐도 이곳에 한가무관이 있다는 것과 그 장남이 한재익이라는 것을 모를 수가 없다.

그러니 이곳에 없다고 할 수 없는 상황.

하지만 지금 그곳은 자신이 내린 명령으로 인해 말라 죽어 가고 있는 상황이다.

그 참혹한 모습을 보였다가는…….

은서호가 자신과 한 거래를 파기하겠다고 할 수도 있었다.

실제로 돈이 오가기 전에는 적당한 명분만 있다면 파기할 수 있으니까.

그리고 자신의 불명예가 널리 퍼질 수도 있었다.

'그건 안 되지.'

그는 당장 자신의 시종을 불렀다.

* * *

"어…….."

한재익은 뭔가 어안이 벙벙했다.

불과 어제까지만 하더라도 자신의 가족을 못 잡아먹어서 안달이었던 마 장주가 연신 미소를 지으며 자신에게 친근하게 굴고 있었다.

"은서호 소단주하고 아는 사이라고 왜 진작 말하지 않았나?"

"묻지 않으셔서……."

"허허! 그런 인맥은 마구 자랑해야 하는 것이네."

"……."

한편에서는 마 장주가 데려온 일꾼들이 무관의 부서지고 망가진 곳을 고치고 있었다.

창고에는 곡식이 채워졌고, 마당 한쪽에는 땔감이 쌓여 갔다.

그리고 하녀들은 집 안을 깨끗이 청소하고 있었고, 의원이 두 명이나 와서 한재익의 아버지를 치료하고 있었다.

"내가 그동안 오해했네. 은서호 소단주가 그러더군. 자네의 여동생이 북해빙궁에 입궁했다고."

"아, 네. 제가 직접 데려다주었습니다."

"그것도 북해빙궁의 소궁주가 직접 요청하여 데리고 갔던 것이라고 들었네."

그 말에, 한재익은 어제저녁에 자신의 집에 전해진 서신을 떠올렸다.

한재인은 뛰어난 인재이니 그녀를 입궁시켜 달라는 부탁이 담긴 두루마리였다. 마지막에는 북해빙궁 소궁주의 인장까지 찍혀 있었다.

그리고 그게 필요할 거라는 은서호의 서신이 동봉되어 있었다.

북해빙궁 소궁주의 이름이 적힌 그 두루마리를 어떻게 구했는지 모르겠지만.

'뭐, 은서호 소단주라면 가능하겠지.'

그는 얼른 고개를 끄덕였다.

"아, 맞습니다. 그것을 보여 드리는 것을 생각지 못했군요."

그는 자연스럽게 방으로 들어가 그 두루마리를 가져왔고, 그에게 보여 주었다.

"……."

그걸 본 마 장주의 등에는 식은땀이 줄줄 흘렀다.

추운 겨울인데도 말이다.

"험, 험험, 그런데 이건 왜 말하지 않았나?"

"왠지 부담스러워서 그랬습니다."

"아무튼, 내 미안하게 되었네. 하하하."

"……."

"그…… 내일모레 은서호 소단주와 이곳을 방문하면 그때 말 좀 잘 해주게나."

"아…… 네."

한재익은 그리 대답하면서 뺨을 긁적였다.

진짜 귀신에게 홀린 듯한 기분이었으니까.

하지만 어제까지만 해도 비참했던 이 상황이 순식간에 바뀐 게 누구 덕분인지는 명확히 알 수 있었다.

그렇기에 그의 결심은 더욱 확고해졌다.

'은해상단에 취직해야겠군.'

* * *

날이 밝았다.

마 장주가 한가무관을 찾아가 급히 일을 수습하려 했다는 정보를 서우 무사를 통해 전해 들었다.

"제 생각대로네요."

내 말에 서우 무사가 웃으며 말했다.

"생각보다 빨리 그 일을 해결하셨군요."

"잠시라도 이곳에 머무르는 동안, 편하게 머물러야지 않겠습니까?"

"맞습니다. 헌데…… 한 공자 일가가 이곳을 떠나실 거라고 보시는 겁니까?"

"네. 마을 사람들과 서로 불편할 테니까요."

"하긴, 그렇겠군요."

물론 마 장주의 위세 때문에 어쩔 수 없었다는 것은 이해할 수 있다.

하지만 이해하는 것과 별개로 서운함이 생기는 것은 어쩔 수 없다.

그리고 마을 사람들도 한가무관에 죄책감이나 미안함을 가지고 있을 테고 말이지.

"그럼 한가무관에는 언제 가시는 겁니까?"

"내일모레 가려고요. 그리고 내일 무림맹 사람이 어음을 받아 떠나면, 제가 알려 드린 대로 하면 됩니다."

내 말에 서우 무사가 씨익 웃었다.

"이거, 소설 속 협객이 된 기분입니다."

내가 마 장주에게 줄 목화밭의 구매 대금은 내 개인적인 자금이다.

그간 열심히 돈을 모은 덕분에 그 정도 지출에도 별 문제가 없었다.

그리고 그 대금을 슬쩍 회수할 생각이다.

내 돈이 단 한 푼이라도 백천상단과 무림맹에 들어가는 것을 용납할 수가 없으니까.

게다가 몽땅 날릴 돈이라는 것을 알기에 더더욱.

하지만 그 돈은 슬쩍 한다고 해도 내 주머니에 단 한 푼도 다시 들어오지 않는다.

그 돈은 모두 태경현의 주민들을 위해 쓸 거다.

솔직히 목화를 재배한다는 건 상당한 노동력이 요구된다. 하여 사리 분별되는 나이만 되면 어린아이들도 목화 재배에 강제로 동원되었다고 한다.

그렇다면 그에 상응하는 대가를 받아야 하지만, 팔갑이 조사한 바에 따르면 주민들은 그에 한참 미치지 못하는 대가를 받았다고 한다.

게다가 마음에 드는 것이 있으면 그게 물건이든 사람이든 가리지 않고 자신의 것으로 했고.

그러니까 그 돈은 태경현 주민들의 복지를 위해 사용되어야 마땅했다.

나는 마 장주를 대신하여 그가 갈취한 돈을 다시 돌려

주는 것뿐이다.

.

.

.

다음 날 오전.

나는 약속대로 태경현 근처의 전장으로 향했다.

[금산전장(金山錢場)]

이전 삶에서 내가 죽을 때까지도 망하지 않았던 신뢰할 만한 전장이다.

사실, 우리 은해상단도 전장 사업을 시작해 볼까 했지만 이내 실효성이 없다고 판단하고 뜻을 거두었다.

전장 사업에서 가장 큰 수입 원천은 돈을 빌려주고 받는 이자다.

염왕채라 불리는 고리대에 비하면 상식적인 비율이었기에 제법 많은 이들이 이용하곤 했다.

그리고 어음을 발행하여 대신 돈을 내주거나, 받아 주는 역할도 했다.

이렇게 돈에 관련된 일을 하는 업종이었기에 무력이 필요할 수밖에 없었다.

돈을 떼먹은 자들을 닦달하거나, 먹고 튄 자들을 붙잡거나 하는 일도 해야 했기 때문이다.

하여 표국만큼이나 보유한 무사들의 수준이 전장의 신용도에 상당한 영향을 끼쳤다.

금산전장의 신용도가 높고, 오래 유지된 것도 그 덕분

이었다.

무엇보다 전장주가 초절정의 무사였으니까.

보통 초절정의 무사는 웬만한 대문파의 장문인 급.

그런 이가 전장을 운용하고 있는데, 감히 누가 돈을 떼먹을 생각을 하겠는가?

그리고 지점마다 전서응들을 보유하고 있어 상당히 빠르게 중요한 소식들을 전할 수 있었다.

"오! 왔는가?"

"오셨습니까? 장주님."

금산전장으로 다가가자 그 앞에서 기다리고 있는 마 장주가 보였다.

꽤나 초조해 보이는 게 내가 오지 않을까 봐 걱정했던 것 같다.

내가 그럴 리가 없지.

마 장주를 홀딱 벗겨 먹는 것과 별개로 신용은 신용이니까.

"죄송합니다. 제가 늦었습니다."

"아니네. 나도 방금 도착했네. 그런데 아직 전장이 문을 열지 않았군."

그만큼 이른 시간이니까.

일부러 이 시간쯤에 보자고 한 것이지만…….

금산전장은 마 장주의 위세로도 어찌할 수 없는 곳이기에, 빨리 문을 열라고 닦달할 수도 없어 이리 기다리고 있는 것이다.

혹시 내가 거래를 무를까 봐 어지간히도 몸이 달았군.

"날도 춥고 한데, 저기 다루에서 잠시 차 한 잔 하시는 것은 어떻습니까? 그러면 열 듯합니다."

"그럼, 그럴까?"

"오늘은 제가 대접하겠습니다."

"아니네. 내가 사도록 하지."

"아닙니다. 매번 좋은 차를 얻어 마셨는데 오늘은 제가 사겠습니다."

우리는 그렇게 훈훈한 대화를 나누며 다루로 들어갔다.

워낙 이른 시간이기에 손님은 우리뿐이었다.

뭐, 다른 손님들이 있어도 마 장주가 데리고 다니는 호위무사들의 기세가 워낙 살벌해서 가까이 오는 자도 없을 거다.

아니, 이곳 사람이라면 마 장주를 알아보고 다루에 들어왔다가도 돌아나갈 터.

그만큼 악명이 높았으니까.

우리는 다과를 즐기면서 이런저런 사소한 이야기를 나누었다.

"아, 그런데 그거 아십니까?"

"뭘 말인가?"

"저번에 금산전장이 털릴 뻔했다고 하더군요."

"뭐?"

"한 도둑이 금산전장에 침입했었다고 합니다."

"……"

내가 지금 한 말이 거짓말은 아니다.

정말 금산전장에 도둑이 침입했었고, 털릴 뻔했지만 전장주가 있었기에 범행은 결국 실패로 돌아갔다.

그게 일 년 전의 이야기다.

그 후로 금산전장은 보안을 더욱 철저하게 관리하기 하기 시작했고.

하지만 그 뒷이야기는 일부러 하지 않음으로 마 장주에게 약간의 불안을 심어 놨다.

"그래서 이번에 다른 전장으로 옮길까 생각 중입니다."

그때 팔갑이 다가와 말했다.

"도련님, 금산전장이 개점했습니다요."

"아, 그래?"

나는 자리에서 일어나며 말했다.

"가실까요?"

"그러지."

우리는 금산전장 안으로 들어갔다.

"어서 오십시오. 고객님들의 돈을 소중하게 생각하는, 금산전장입니다."

나는 점원에게 금산전장에서 발급한 패를 내밀며 말했다.

"출금하려고 합니다."

"네, 얼마나 출금해 드릴까요?"

"금자 이천삼백 냥입니다."

"……."

잠시 전장의 점원은 당혹스러운 표정을 지었지만, 이내 평정심을 되찾고 말했다.

"죄송합니다. 지금 저희 지점에서 그만한 현금을 보유하고 있지 않습니다. 하여 인근 지점에 요청해서 가지고 와야 합니다."

오늘 오후에는 무림맹의 사람이 와서 투자금에 대한 계약서를 쓰고 돈을 받아가기로 했기에 마 장주의 안색이 그리 좋지 않았다.

하긴 일개 지점이 그 정도 거액을 가지고 있을 리가 없다.

그래서 미리 요청하지 않은 것이다.

"나 역시 출금을 하려고 했는데……."

역시 마 장주가 주로 이용하는 곳도 이 금산전장이었다.

하지만 현재 전장에 그만한 돈이 없는 이상, 전표를 발행하는 것도 불가능하다.

전표라는 것도 무작정 발행하는 것이 아니라, 전표를 발행할 때 그만큼의 현물이 그 지점에 있어야 했기 때문이다.

"혹시 얼마나 필요하십니까?"

마 장주는 자신이 원하는 금액을 말했다.

"음, 그 정도 금액이면 내일 저녁쯤은 되어야 할 것 같습니다. 저…… 현금으로 드려야 합니까?"

마 장주가 망설임 없이 답했다.

"당연하지!"

지금 당장 현금이 필요 없으니 전표를 발행해도 된다.

사실 그게 더 안전하다.

혹시라도 무슨 일이 생기면 지급정지를 요청하면 되니까.

하지만 아까 다루에서 내가 했던 말이 마음에 걸리는 거겠지.

내가 심어 놓았던 작은 불안의 씨앗이 지금 마 장주를 잡아먹고 있었다.

"그런데 무림맹에서는 오늘 점심이 조금 지나서 온다 던데……."

나는 마 장주에게 말했다.

"우선 무림맹에는 사정을 설명하고 전액 어음을 주고, 내일 다시 와서 돈을 받아 가면 되지 않겠습니까? 이런 사정이라면 무림맹에서도 이해할 겁니다."

"음…… 괜찮은 방법일세."

"그리고 무림맹에서도 이 금산전장을 끼고 어음을 발 행한다고 하면 마음 놓고 돌아갈 겁니다."

"그러면 그렇게 하도록 하지."

그때 직원이 조심스레 물었다.

"그러면 저희 전장에서 직접 어음을 받으시는 곳에 돈 을 전달해 드릴까요?"

즉, 위탁어음을 발행하느냐는 의미다.

하지만 내가 뿌린 불안의 씨앗이 자리 잡은 마 장주가 그걸 용납할 리 없지.

"아니네. 그건 내가 직접 전달하도록 하지."

이러면 금산전장에서는 채권을 회수하는 역할을 맡게 된다.

즉, 채무불이행이 일어났을 때 금산전장이 대신 받아 주는 것이다.

"그럼 내일 뵙겠습니다."

"그러지."

나는 객잔으로 돌아와 점심을 먹고 일을 하고 있었다.

신시(申時:오후15~17시)쯤 되자, 진유 무사가 찾아와 보고했다.

"무림맹 사람이 돌아갔습니다."

"어음은 받았나요?"

"네. 투자 계약서를 작성하고 어음도 받아 돌아갔습니다. 처음에는 난색을 표하더니 금산전장을 끼고 어음을 발행하자고 하니 알겠다고 하더군요."

"혹시 얼마나 되는지 보셨나요?"

"네, 금자 만 냥이었습니다."

"……."

그 말에 팔갑과 다른 호위들이 헉 소리를 내었다.

진짜 거액은 거액이네.

그 정도면 마 장주가 자신이 가용할 수 있는 재산을 탈탈 털었음을 알 수 있었다.

다음날, 우리는 저녁쯤 다시 금산전장에 도착했다.

오늘 전장에 오게 되었기에 한 소협을 만나러 가는 건 내일로 미루었다.

마 장주는 어제보다 더 많은 호위무사를 이끌고 왔다.

하긴 금자 만 냥이나 되는 거금을 실제로 옮기려면 최대한 호위를 긁어모아야겠지.

우리는 돈을 출금했다.

금자 만 냥은 무려 육백이십오 근이다.

보통 큰 돼지 한 마리가 백육십 근 정도 되는 것을 생각하면 어마어마한 무게다.

대략 돼지 네 마리 정도 되는 무게인 셈, 그래서 커다란 마차를 끌고 왔다.

"그럼 내일 오전에 한 소협의 무관에 가는 것으로 알고 있겠습니다."

"알겠네. 그럼 한가무관에 갔다가 곧바로 돌아가는 건가?"

"한 닷새 정도 더 머무를 듯합니다. 이 근처의 상점들을 매수하라는 아버지의 명을 받았는데, 금산전장은 오늘 있는 돈을 탈탈 털었지 않습니까?"

"그랬지."

"그러니 다시 전장에서 현금을 수급하는 것을 기다려야 합니다."

"대체 얼마나 필요하기에 닷새나 기다리는 건가?"

"오늘보다 더 많은 돈이죠."

"……."

내 말에 그는 헛기침을 했다.

본인이 생각했던 것보다 은해상단이 가진 부가 훨씬 크다는 것을 깨달은 얼굴이다.

새삼 느끼지만 진짜 우물 안 개구리네.

아무리 현 제일의 거부라고 해도 천하백대상단 중 중간에 위치한 우리 상단과 비교가 되나?

"그럼 내일 뵙겠습니다."

마 장주는 호위무사들과 함께 마가장으로 향했다.

나는 그들이 돌아가는 것을 확인하고는 서우 무사와 진유 무사에게 말했다.

"부탁드립니다."

"걱정하지 마십시오."

"저 정도야 뭐, 일도 아니지요."

* * *

마 장주와 호위무사 일행은 금자를 가지고 마가장으로 향하고 있었다.

"흐흐흐……."

커다란 마차 안에 앉은 마 장주는 자신의 맞은편에 실려 있는 궤짝들에 가득 담긴 금자를 보며 연신 웃음을 감추지 못했다.

거의 자신의 전 재산이나 다름없었다.

그리고 그건 자신에게 엄청난 부를 가져다줄 것이 분명한, 부의 씨앗이었다.

그 금자에 정신이 팔린 나머지 마 장주는 호위무사들의 눈빛이 변하는 것을 알아차리지 못했다.

"장주님, 저기서 잠시 쉬었다 가는 게 좋겠습니다."

"뭐? 대체 뭘 했다고 쉬겠다는 거냐?"

"그게…… 아무래도 추위 때문에 길이 얼어서…… 이대로 가다가 마차 바퀴가 부서지기라도 하면 낭패입니다."

"음…… 그것도 그렇군."

결국, 그곳에서 날이 밝을 때까지 잠시 머물기로 했다.

그들은 분주하게 노숙할 준비를 했다.

그 사이 마 장주는 자신의 마차 안에 있었다. 금자에서 눈을 뗄 수가 없었으니까.

그리고 옷에 흙이 묻는 것도 싫어했고.

밖에서 무사들이 은밀히 이야기를 나누는 사이, 밤이 깊어졌다.

"드르렁…… 쿨…… 음냐……."

오늘 온종일 긴장한 상태로 이곳저곳 오갔기 때문인지, 아니면 그가 아까 마신 차 때문인지 마 장주는 깊은 잠에 빠져 있었다.

그렇기에 호위무사들이 마차 안의 그를 들어 땅바닥으로 옮겼음에도 전혀 알아차리지 못했다.

그리고 호위무사들은 그 마차를 끌고 그대로 사라져 버렸다.

* * *

그 시각.

나와 서우 무사, 그리고 진유 무사는 나무 뒤에 숨어
이 일련의 사태를 지켜보고 있었다.

와…….

이거, 일이 재밌게 돌아가는데?

– 어찌할까요?

서우 무사의 전음에 나는 그에게 전음을 보냈다.

– 당연히 회수해야죠.

나는 힐끔, 바닥에 누워 자는 마 장주를 일별했다. 사
실 호위무사들의 배신도 염두에 두지 않은 건 아니다.

하지만 이렇게 호위무사들이 전부 배신할 줄은…….

호위무사들과 신뢰 가득한 관계였다면 이런 일은 벌어
지지 않았을 터.

우리는 호위무사들의 뒤를 쫓았고, 곧 그들이 멈춘 곳
에 당도했다.

"그건 아니지! 어째서 내 몫이 이것뿐이지?"

"어? 이 새끼! 그 손 치워라."

"마 장주에게 수면제를 먹인 건 나야."

"내가 쉬어가자고 했던 건 기억 안 나고?"

이곳은 갈림길이 시작되는 곳이고, 내 예상대로 그들은
이곳에서 돈을 나누고 있었다.

그리고 자신의 공적을 들먹이며 한 푼이라도 더 가지기

위해 다투고 있었다.

헛수고들 하네.

그래 봤자 한 푼도 저들에게 돌아가지 않을 텐데.

마침 싸우느라 정신이 팔려서 주변 상황은 전혀 신경 쓰고 있지 않았다.

나는 호위무사들에게 전음을 보냈다.

– 갑시다.

우리는 아까 나누어 가진 가면을 쓰고 저들에게 쇄도했다.

웃는 얼굴이 그려진 가면이다.

"누, 누구……?"

탓–!

감각이 예민한 자가 있었는지, 우리가 다가가는 것을 눈치챈 자가 있었지만 늦었다.

픽–!

"윽!"

그는 뒷목에 검집을 얻어맞고, 그대로 기절했다.

마 장주의 호위들이 허겁지겁 검을 빼 들었지만, 쓸데없는 저항이었다.

우리보다 숫자가 많다고는 해도 다들 일류 무사 수준에 불과한 이상, 절정무사 셋에 비빌 수는 없다.

우리는 순식간에 모두를 제압해 기절시켰다.

이들을 죽이지 않고 기절만 시킨 건, 이들이 저지른 죄가 있기 때문이다.

그간 마 장주의 위세를 등에 업고 주민들을 괴롭혔다지.

내가 마 장주 일행이 금자를 가지고 돌아가는 길에 회수하기로 한 건 그 때문이었다.

마가장에 돌아갔을 때 금자를 회수한다면 애꿎은 마가장의 하인 하녀들이 고초를 당할 거다.

그러나 돌아가는 와중에 금자를 회수한다면 용의자는 호위무사들로 좁혀지니까.

마 장주의 호위무사들은 태경현의 주민들에게서 물건을 강탈하거나, 무전취식을 하거나, 상해까지 입히는 것은 물론, 여인들을 욕보이기까지 했다고 한다.

고초를 당해야 한다면 이런 놈들이 당해야지.

그런데 이렇게 손수 증거까지 만들어 주니, 나야 아주 고맙지.

우리는 적당히 증거를 더 만들어 놓았고, 금자는 내 비밀 창고에 넣었다.

아, 내일이 엄청 기대되네.

그렇게 일을 처리하고는 마 장주 쪽으로 돌아가자, 잠에서 깬 그가 대경실색하는 모습이 보였다.

상황을 파악한 마 장주는 곧바로 현청으로 향했고, 지현에게 자초지종을 알린 후 지현의 도움을 받아 마가장으로 돌아왔다.

현청이 근처에 있었다는 것이 마 장주에게는 다행인 일

이었다.

.

.

.

다음 날 아침,

마 장주와 함께 한 소협에게 가기로 했기에 우리는 마 가장으로 향했다.

마 장주는 초조한 모습으로 나를 기다리고 있었다.

그는 나를 보자마자 내 옷자락을 붙잡으며 간절히 외쳤다.

"은 소단주, 나 좀 살려 주게!"

세상이 무너진 듯한 그의 모습에 나는 고개를 갸웃하며 물었다.

"대체 무슨 일인데 그러십니까?"

"그, 그게 그러니까…… 돈을 도둑맞았네."

"네에? 돈을 도둑맞으셨다니요?"

"그러니까……."

마 장주는 자초지종을 설명했다.

"그 배은망덕한 것들이, 내 돈을 훔쳐 달아났네."

"그런 일이…… 범인은 잡았습니까?"

"다행히 잡을 수 있었다네. 일류무사들이라서 걱정했는데 그들이 서로 다투다가 산공독이 터진 것인지 무공을 쓰지 못하는 상태라서 수월하게 잡을 수 있었지."

그 산공독, 내가 터트린 건데 말이지.

전에 진호 형의 소단주 공표식 때 사용됐던 것을 슬쩍 챙겨 놓았고, 이번 기회에 써먹은 것이다.

"다행입니다."

"하지만…… 그들이 훔친 돈을 숨긴 곳을 아직 말하지 않고 있네. 제법 가혹하게 심문하고 있는데도 말이지."

"독한 놈들이군요."

지현이 마 장주의 호위무사들에게 모욕을 당한 적도 있다고 들었다.

그러니 그 울분을 담아 심한 고문을 가할 터.

무사들 입장에서는 미치고 팔짝 뛸 지경이겠지. 정작 그들은 동전 한 푼도 손에 쥐지 못했으니까.

하지만 이건 인과응보다.

그들에게 피해를 입은 사람들은 훨씬 더 오래 고통을 받았으니까.

"웃는 가면을 쓴 삼인조 강도에게 당했다고만 하는데…… 그 많은 돈을 나르려면 세 명으로는 어림도 없지. 말과 마차는 그대로인데, 다른 수레의 흔적은 보이지도 않고."

"그들이 상황을 모면하려 거짓말하는 것이 틀림없군요."

"내 말이 그 말이네."

마 장주는 한숨을 내쉬었다.

"사실, 내가 무림맹에 투자금을 이번 달 말까지 주기로 했네. 그런데 일이 이렇게 돼 버려서……."

마 장주는 아직 내 옷자락을 잡고 있었다.

"그래서 말인데…… 혹시 자금을 좀 융통해 줄 수 있겠는가?"

"자금을 말입니까?"

내 물음에 그는 힘차게 고개를 끄덕였다. 저러다가 목이 부러지는 게 아닌가 싶을 정도로.

"어제 그러지 않았나? 금자 만 냥 이상의 자금이 있다고……."

"하지만, 그건 이 근처의 상점을 사들이기 위한 자금입니다. 제가 개인적으로 쓴다면 아버지에게 엄한 질책을 받을 겁니다."

"어떻게 좀 안 되겠나?"

내가 침묵하자, 마 장주는 더욱 애가 타는 표정으로 사정했다.

"제발, 이렇게 부탁하네. 나 좀 살려 주게."

"……."

그렇게 반 각 정도 고민하는 척 시간을 끌었다.

슬슬 애가 타서 먼저 말을 할 때가 됐는데…….

"아! 이렇게 하면 어떻겠는가?"

"무슨 좋은 생각이 있으십니까?"

"이 근처에 내가 가진 상점들이 있네. 그걸 자네가 사가는 것은 어떻겠는가?"

"마 장주님의 상점을 말입니까?"

"그렇다네. 어차피 자네도 상점을 사들이기 위함이라고 했으니 서로 이해관계가 맞지 않겠나."

"상점이 몇 개나 되십니까?"

"세 개가 있네."

"자세한 규모와 매출 등을 봤으면 합니다."

내 말에 마 장주의 표정에 화색이 돌며 다급히 말을 꺼냈다.

"그럼 바로 안에 들어가서……."

"장주님, 그 전에 한가무관에 먼저 다녀왔으면 합니다."

"음, 알겠네."

우리는 한가무관으로 향했다.

"험험, 한 관주 있는가?"

마 장주가 먼저 나서서 외치자, 곧 한가무관의 대문이 열리고 낯익은 얼굴의 남자가 고개를 내밀었다.

"아, 안녕하세요. 장주님. 오늘은 어쩐 일로……."

그는 마 장주 옆에 서 있던 나를 보더니 이내 두 눈이 커졌다.

"어? 은 소단주님 아니십니까?"

"오랜만입니다. 한 소협."

"어서 안으로 드시지요."

곧 대문이 활짝 열렸고, 우리는 한가무관 안으로 들어갔다.

"아버지! 어머니! 손님이 오셨습니다."

곧 안에서 한 중년의 남자와 여자가 나왔다.

"제 아버지와 어머니이십니다."

"한가무관의 관주 한수라고 하네."

한재익 공자는 아버님보다는 어머님과 닮았군.

그리고 관주님은 일전에 봤던 한재인 소저가 남장했을 때 모습과 판박이였다.

"은해상단의 소단주 은서호입니다. 일전에 북해에서 한 소협과 인연이 있어 이렇게 이 마을에 온 김에 방문하게 되었습니다."

"아, 재익이에게 말 들었습니다. 북해에서 설표에게 쫓기고 있었을 때 도와주셨다고요."

"서로 돕고 살아야죠."

한 관장을 보니 아직 거동이 불편해 보였다.

"몸이 많이 좋지 않으신 듯한데 어쩌다가……."

"아, 그게……."

"험험."

마 장주가 헛기침을 하며 끼어들었다.

"일전에 도둑들이 들었고, 그 와중에 부상을 당했다네."

"저런! 그러셨군요."

이미 상황을 다 알고 있는데 시치미 떼기는.

참 뻔뻔하네.

하긴, 자신이 시켜서 그리되었다고 말할 수는 없겠지.

나는 집안을 슥 둘러보았다.

이전에 서신을 남겨 두러 왔을 때 봤던 한가무관의 모습은 참담했었다.

내가 더 늦지 않게 와서 다행이라는 생각이 들 정도로.

그래서 당장 필요해 보이는 것들을 자루에 담아 서신과 함께 던졌다.

그리고 조금이라도 이 상황이 나아지길 원했기에 마 장주에게 한 소협에 대해 언급했던 거고.

그래서 그런지 확실히 한가무관의 상태는 이전보다 훨씬 좋아져 있었다.

나는 한 관주에게 말했다.

"몸도 편찮으신데, 찬바람을 쐬면 좋지 않습니다. 들어가셔서 몸을 보중하심이 좋을 듯합니다."

"배려해 주시니 감사합니다. 그럼 저는 이만 실례하겠습니다."

우리는 접빈실로 향했고, 한 소협의 어머니가 차를 가져왔다.

명색이 무관이니 이런 일을 하는 하녀들이 있었을 텐데, 마 장주 때문에 아무도 없는 듯했다.

"직접 우려 주셔서 그런지 차가 맛있습니다."

"험험. 감사히 먹겠네."

마 장주가 민망한 듯 헛기침을 했고, 한 소협이 웃으며 말했다.

"일전에 마 장주님께서 선물로 가져오신 차입니다."

"좋은 장주님이시군요."

"네. 무, 척, 좋, 은, 장, 주, 님, 이십니다."

한 소협의 말에 뼈가 있음을, 마 장주는 알까?

나와 한 소협이 즐거운 얼굴로 담소를 나누는 반면, 마 장주는 안절부절못하고 있었다.

내가 얼른 자금을 융통해 줘야 하는데, 좀처럼 자리에서 일어날 생각을 하지 않고 있었으니까.

사실, 일부러 일어나지 않고 있는 거다.

하루하루 피 말리는 시간을 견뎠던 한 소협 가족의 심정을 느껴 보라는 의미였다.

지금 마 장주의 심정이 딱 그럴 거다.

융통해야 하는 금액이 무척 컸고, 그 금액을 제때 마련하지 못하면 금산전장이 왜 신용도 높은 전장인지 알게 될 터.

입이 바짝바짝 마르고 똥줄이 탈 거다.

이제야 한가무관이 겪었던 고통을 조금이라도 이해하려나?

그렇게 우리의 대화는 점심을 먹고 나서도 이어졌고, 마 장주의 얼굴은 시간이 갈수록 거멓게 죽어 갔다.

이쯤 할까?

이러다가 마 장주가 버티지 못하고 혼절하면 나만 고생이니까.

"아! 시간이 벌써 이렇게 되었군요. 대화가 즐거워서 시간 가는 줄도 몰랐습니다."

"저 역시 즐거웠습니다."

"그럼 다음에 또 뵙도록 하겠습니다."

"네, 살펴 가십시오."

그렇게 우리는 다시 마가장으로 향했다.

"죄송합니다. 오랜만에 만나서 그랬는지 시간 가는 줄을 몰랐습니다."

"허허. 괘, 괜찮네."

"이해해 주셔서 감사합니다. 그럼 가서 장주님 소유의 상점을 살펴보죠."

우리가 마가장에 도착하자, 기다렸다는 듯이 총관이 서류들을 가지고 접빈실로 왔다.

나는 진중한 표정으로 그 서류들을 살폈다.

물론 마 장주가 가지고 있는 상점에 대해서는 이미 조사가 끝났다.

내가 이 서류들을 보는 건 그냥 보여 주기다.

마 장주가 가진 상점은 그릇 상점, 종이 상점, 곡식을 파는 상점이다.

꾸준히 이윤을 보고 있지만, 규모나 시장성을 고려했을 때 썩 신통치 않은 수준이다.

그럴 수밖에 없었다.

점주들이 마 장주의 일가친척이었으니까.

그러니 힘써서 상점을 운영하고 이윤을 추구하지 않았겠지.

툭,

나는 그 서류를 탁자 위에 던지듯 놓으며 말했다.

"이윤이 별로입니다. 상점 하나에 금자 삼백 냥. 그 이상으로는 안 됩니다."

"그래도 규모가 작지 않은데 가치를 너무 박하게 따지

는 것 아닌가?"

"장주님께서 그리 말씀하시면 서운합니다. 저도 장주님을 생각해서 후하게 계산한 겁니다."

"그, 그래도 고작 삼백 냥이라니……."

"저번에 구입한 상점은 이것보다 더 조건이 좋았는데도 이백오십 냥이었습니다."

"……."

"게다가 제가 구매한 상점에 대해서 아버지에게 보고해야 하는데, 철저하게 하지 않으면 아버지께서 제 능력에 대해 의심할 수도 있습니다."

"……."

마 장주는 난감한 표정을 지었다.

세 상점을 합쳐도 고작 구백 냥.

그가 융통해야 하는 만 냥에 비하면 턱없이 부족한 금액.

"그럼, 이렇게 하면 어떻겠습니까? 여기 보니까 상점 말고도 다른 곳에 투자한 것도 보이는군요."

"맞네."

"그럼 그 투자금에 대한 권리를 저에게 넘기시는 겁니다. 투자금의 두 배를 쳐 드리지요."

"그, 그제 정말인가?"

마 장주의 얼굴이 밝아졌다.

"네. 하지만 그렇게 해도 만 냥에는 부족하군요."

마 장주의 표정이 다시 어두워졌다.

"이제 마땅히 내놓을 매물이 없네."

"이 장원이 있지 않습니까?"

"뭣이! 이 장원을 말인가?"

내 말에 마 장주는 화들짝 놀랐다.

"네. 이 장원에 있는 온갖 귀한 것들까지 하면 만 냥에 부족하긴 하지만 맞춰 드리지요."

"하, 하지만 이 장원을 팔면 나는 어디 가서 살란 말인가?"

"그러면 이 장원의 소유권만 저희 상단에서 가지고 있 겠습니다. 나중에 투자금에 대한 수익이 들어오지 않겠 습니까? 그때 돈을 갚으면 소유권을 돌려 드리지요."

"아! 그러면 되겠군."

"그리고……."

마치 비밀인 것처럼 주변을 둘러보고는, 그에게 작게 속삭였다.

"제가 듣기로 마 장주님께서 거액을 투자하면서, 다른 투자자를 모을 필요가 없게 되었다고 합니다. 하여 장주 님께 상당한 비율의 수익이 갈 거라고 합니다."

"그게 정말인가?"

"네."

내 말에 마 장주의 표정이 활짝 펴졌다.

벌써 수익금을 손에 넣은 듯한 얼굴.

사실, 이것도 내 계획의 일부다.

이전 삶에서 백운표국 사업이 망하면서 투자자들은 돈

을 한 푼도 건지지 못했다.

무림맹과 남궁세가의 이름을 믿고 투자했는데 말이지.

하지만 투자 계약서에는 손해를 배상하지 않는다는 조항이 들어가 있었고, 그로 인해 수많은 이들이 피눈물을 흘렸다.

심한 경우, 목숨을 끊은 이들도 있었고.

그러나 이제 그런 일은 없을 터.

"어떻게 하시겠습니까?"

마 장주는 결심을 한 듯, 고개를 끄덕였다.

"좋네. 그렇게 하도록 하지."

나와 마 장주는 계약서를 작성하였다.

"그럼, 돈은 언제 줄 수 있는가?"

"이곳 전장에 돈이 수급되는 대로 드리죠. 물어보니 한 사흘이면 된다고 합니다."

"알겠네."

"기운 내십시오. 혹시 압니까? 그사이 장주님의 돈을 훔쳐 간 무사들이 돈을 어디에 숨겼는지 실토할 수도 있습니다."

"그러기를 바라야겠지."

"그럼 저는 이만 가 보겠습니다."

나는 자리에서 일어났다.

"아! 혹시나 해서 말씀드리는 겁니다만, 이 장원에 있는 모든 것들은 임의로 처분하시거나 하면 안 됩니다. 만약 아버지께서 직접 오시게 된다면, 제가 그 근거를 설명하기가 궁색해질 수도 있습니다."

"……그리하지."

* * *

은서호가 돌아가고, 마 장주는 분통을 터트렸다.

"젠장! 내가! 이 마정이! 저런 애송이에게 굽실거리는 꼴이라니!"

그는 성질을 내며 마당의 나무를 향해 발길질을 했다.

퍽-!

옆에 있던 총관이 다급히 그를 만류했다.

"장주님! 그러시면 안 됩니다!"

"뭐?"

"이제 그 나무는, 아니 이 장원의 모든 것은 장주님의 소유가 아닙니다."

마 장주는 얼른 발을 거두고는 멍하니 허공을 바라보았다.

그러다가 현실을 깨달았는지 분노에 찬 외침을 내질렀다.

"으아아아악!"

* * *

나는 뒤에서 들려오는, 마 장주의 분노에 찬 외침에 피식 웃었다.

사자후를 듣는 것 같네.

그리고 품 안에 들어 있는 계약서를 만지작거렸다.

이제 마 장주가 몰락하는 것도 얼마 남지 않았다.

.

.

.

며칠 후.

나는 마 장주에게 금자 만 냥을 건넸다.

"여기 있습니다. 인수증에 수결해 주십시오."

"알았네."

그렇게 금자 만 냥이 마 장주에게 넘어가면서 마 장주의 모든 재산은 내 소유가 되었다.

진짜 탈탈 털었으니, 마 장주는 이제 빈털터리나 다름없다.

"그런데 무림맹에서는 언제 온다고 합니까?"

"안 그래도 기별이 왔네. 내일 출발한다고 하네."

그러면 한 이틀 걸리겠군.

"그렇군요. 그런데 그들이 금자를 잘 수송할 수 있을지 걱정입니다."

"아, 걱정하지 말게나. 워낙 규모가 크다 보니 무림맹의 백뢰단(白雷團)이 호송을 위해 온다고 하네."

"백뢰단! 그들의 이름은 익히 들어봤지요. 그들이라면 안심입니다. 저는 이만 가 보겠습니다."

"그래, 조심히 가게나."

내가 무림맹이 언제 오는지 물은 건, 무림맹이 옮기는

금자 만 냥을 슬쩍 하기 위해서다.

말했잖은가?

내 돈이 단 한 푼도 무림맹에 들어가는 건 용납할 수 없다고.

그나저나 백뢰단이라…….

그렇게 돌아가던 중, 진유 무사가 나직이 말했다.

"주군, 이번에 그 일을 할 때 제가 전면에 서도 되겠습니까?"

"네? 무슨 일이 있습니까?"

"사실, 개인적으로 그들에게 원한이 있습니다."

진유 무사의 표정은 비장했고, 그 목소리는 무거웠다.

나는 다른 이들에게 말했다.

"잠시, 자리를 비워 주세요."

이에 진유 무사가 고개를 저었다.

"아닙니다. 모두가 들어야…… 제가 전면에 서겠다는 억지를 부리는 것에 대해 납득할 수 있을 겁니다."

틀린 말이 아니었기에 나는 고개를 끄덕였다.

"그러면 잠시 조용한 곳에서 쉬었다 가죠."

그렇게 약 일각 정도 가서 우리 일행은 모두 말에서 내렸다.

주변에 사람도 없고 앉아서 쉴 만한 바위가 보였기 때문이다.

나는 바위에 앉으며 말했다.

"다들 앉으십시오. 한번 들어 볼까요? 진유 무사님의

사정에 대해서요."

사실 진유 무사가 자신이 전면에 나서겠다고 한 것은 나로서도 의외였다.

그는 평소 전면에 나서는 것을 꺼렸으니까.

살짝 머뭇거리던 진유 무사는 한숨을 내쉬며 말했다.

"사실, 백뢰대 놈들은…… 제 친우들을 죽인 이들입니다."

"네?"

친우들을 죽였다고? 그게 무슨 말이지?

"조금 더 설명을 부탁드립니다."

"주군도 알고 계시듯이, 제 출신은…… 암살자입니다. 하지만 처음부터 그런 건 아니었습니다. 사실, 저는 설풍궁 출신입니다."

역시, 내 예상대로였다.

"설풍궁 출신임을 왜 그동안 비밀로 하셨던 겁니까?"

"그건…… 아직 마음의 준비가 되지 않았기 때문입니다. 하지만 오늘은 말씀드려야 할 듯합니다."

"사부님께서도 이를 알고 계십니까?"

"네. 무척 오랜만에 뵈었지요. 거의 이십여 년 만입니다."

이십여 년?

설풍궁이 멸문한 시기가 그보다 나중일 텐데, 그 말은…….

"저는 설풍궁에 맡겨진 아이였고, 일곱 살이 되었을 때 백부의 손에 이끌려 설풍궁을 나왔습니다."

전에 듣기로, 아버지 쪽에서 아이를 데리고 간다고 하

면 설풍궁에서는 이를 막을 수 없다고 했다.

"그때만 해도 아버지와 살 수 있을 거라는 생각에 기뻤습니다. 하지만 그건 제 착각이었습니다."

진유 무사는 주먹을 꽉 쥐었다.

하얀 뼈가 도드라져 보일 정도로 꽉.

"이미 제 아버지는 돌아가신 후였습니다. 저에 대한 것을 유언으로 남기셨다는데……. 그런 유언은 하지 마셨어야 했습니다."

"……."

"당시 가문은 재정 상황이 좋지 않았고, 그래서 무림맹에 도움을 요청했다고 합니다. 하지만 무림맹에서는 돈을 빌려주는 대가로 혈육을 담보로 요구했고, 마침 가문에서 제 존재를 알게 된 것입니다."

"……."

"하여 저는 강제로 무림맹에 보내졌고, 무림맹의 숨겨진 검으로 길러졌습니다. 고된 수련의 연속이었지요."

진유 무사의 표정에서, 그가 겪었던 고난의 정도가 짐작이 갔다.

물론 본인이 아니니 모든 것을 알 수는 없겠지만.

"가 보니 저와 같은 처지의 아이들이 모여 있었습니다. 거의 백여 명 정도 되었지요. 그리고…… 그들의 반 이상이 백뢰대의 손에 죽었습니다."

진유 무사의 이야기는 참혹하기 짝이 없었다.

아이들을 산속에 풀어 놓고, 무사들에게 아이들을 찾아

죽이게 했다고 한다.

그 일을 실행한 것이 바로 백뢰대.

숨는 기술을 익히게 하기 위함이었다고 하지만…….

"단지 죽이는 것뿐이었다면 저도 복수를 입에 담지 않았을 겁니다. 저들도 명령을 받았을 뿐이니까요. 하지만……."

진유 무사가 고개를 돌려 허공을 바라보며 말했다.

"붙잡은 아이를 가지고…… 놀다가 죽였습니다."

그 '놀다가'라는 것이 내가 생각하는 아이들과 놀아 주거나 하는 건 아니겠지.

"저와 가장 친했던 친우는……."

진유 무사는 아이들이 무슨 일을 당했는지 담담히 설명했고, 인간이 참 잔인할 수 있음을 다시금 깨달을 수 있었다.

"당시 저는 힘이 없었고, 복수할 수 없었습니다. 하지만 이제는 아닙니다."

진유 무사는 다시금 나를 보며 고개를 숙였다.

"부탁드립니다."

나는 서우 무사에게 고개를 돌렸다.

이 일은 나와 진유 무사만 하는 것이 아니니까.

"그런 놈들은 죽어 마땅하지요. 좋습니다. 오늘 진유 무사의 해묵은 원한을 풀어 봅시다."

서우 무사 역시 허락했다.

"감사합니다."

나는 그 모습을 보며 생각했다.

무림맹이 이상해진 게 그리 짧은 시간은 아닌 것 같다고.

"아, 그런데 진유 무사의 아버지 쪽 가문은 어딥니까?"

"지금은 멸문했습니다. 의문의 무리에 의해 멸문당했
다고 하더군요."

그리 말하는 진유 무사는 별로 슬퍼 보이지 않았다.

하긴, 그런 작자들이라면 나 같아도 슬프지 않을 것 같
았다.

* * *

"워워!"

푸르르르.

일련의 무리들이 마가장 앞에 도착했다.

그들의 정체는 무림맹의 무력단체 중 한 곳인 백뢰단.

무림맹의 무력단체는 크게 두 종류로 나뉜다.

대와 단.

대는 백 명이 넘는 구성원을 가진 대형 무력단체고, 단
은 그보다 훨씬 소규모로 이루어진 무력단체.

백뢰단 역시 스무 명 정도의 소규모 무력단체였다.

그들은 평소 맡은 일 없이, 그때그때 맹주의 명에 의해
움직이는 이들이다.

그 백뢰단 중 절반인 열 명이 마가장에 온 것이다.

"어서 오십시오. 이곳 마 가장의 장주, 마정입니다."

자신의 소개에 무림맹의 사람이 백뢰단의 부단주를 소

개했다.

"이분은 백뢰단의 사구 부단주시네."

"처음 뵙겠습니다."

반면, 사구 부단주는 고개만 끄덕일 뿐이었다.

"저희는 내일 오전에 떠날 생각이니, 대접에 각별히 신경 써 주십시오."

"여부가 있겠습니까?"

그때 사구 부단주가 말했다.

"듣기로, 이곳에서 일하던 호위들이 금자 만 냥을 훔쳤다고 하던데?"

"아, 네. 그랬죠. 그래서 추가로 자금을 마련하느라 힘들었습니다."

그 말에 사구 부단주가 눈을 빛냈다.

"혹시, 그걸 내가 찾는다면 반은 내가 가져도 되겠는가?"

솔직히 날강도나 다름없는 요청이었다.

하지만 마 장주의 입장에서는 나쁠 것 없는 제안이었다.

어차피 찾지 못하고 있는 돈, 반이라도 찾을 수 있다면 더할 나위가 없다.

"그리하시지요."

"그럼, 현청으로 가지. 여기서 현청이 그리 멀지는 않은 듯하니."

"모시겠습니다."

잠시 후, 그들은 태경현의 현청에 도착했다.

무림맹 무력단체 중 하나인 백뢰단 부단주의 방문에 지현은 얼른 달려 나왔다.

아무리 무림과 관이 불가침이라고 하지만 목숨은 하나뿐이고, 무림맹의 본진인 하남에서 일개 지현이 그들의 눈 밖에 나서는 안 되니까.

"어서 오십시오."

그들은 서로 통성명하고 인사를 나누었다.

"여기, 마 장주의 돈을 훔친 이들이 이곳에 있다고 해서 왔네."

"네, 안 그래도 지금 심문 중입니다."

"안내하게."

"아, 네."

현재 하남성 안찰사가 보낸 이들이 이 일을 맡아 심문을 진행하고 있다고 했다.

사건이 일어난 곳이 이곳이었고, 금자를 찾는 것이 목적이었으니까.

현청의 뇌옥으로 향하자, 피비린내가 짙어졌다.

"크아아아악!"

"이 자식이! 이래도 말 안 해?"

"진짜 모른다고! 크아아악!"

제형안찰사사에서 파견 나온 인물이 그들을 심문하던 중, 사구 부단주 일행을 보고 다가왔다.

"어디서 오셨는지?"

"무림맹의 백뢰단 사구 부단주이시네."

"아! 그러시군요."

사구 부단주는 성한 곳이 없는 무사들을 일별하며 말했다.

"별로 진척이 없나 보군."

"송구합니다."

"아니네. 자네 나름대로 열심히 했겠지. 그런데 저들의 손발의 근맥이 잘려 있군."

"아무래도 일류 무사들이다 보니, 감당이 되지 않아 그리했습니다."

"잘했네."

그는 지금까지 알아낸 것에 대해 이야기했다.

"저들이 말하기를 웃는 얼굴 가면을 쓴 삼인조에게 당했다고 합니다. 하지만 솔직히 금자 만 냥입니다. 그걸 세 명이서 어떻게 들고 이동합니까?"

"그렇지."

"말이든 마차든 무언가를 이용한 흔적이 전혀 없습니다. 아무래도 저들이 그걸 숨겨 놓고 서로 싸우던 도중에 환각을 본게 아닌가 싶습니다."

"환각?"

"예, 저들이 가지고 있던 독 중에 환각독이라는 것이 있었습니다. 그 환각독을 가지고 있던 자의 말에 의하면 망아환각독(忘我幻覺毒)이라고 합니다."

"음? 그건 환각 상태에 빠졌을 때의 기억을 잃어버리게 만드는 환각독인데? 그걸 왜 가지고 있던 거지?"

"마을의 여인을 겁탈할 때 쓰던 것이라고 합니다. 천인 공노할 놈이지요!"

마 장주가 얼른 나서서 분노를 토했다.

"그런 놈을 내가 데리고 있었다니! 참나!"

자칫하다가는 관리감독 소홀이 될 수도 있었으니까.

평소라면 상관없지만, 지금은 제형안찰사사에서 나온 사람과 무림맹의 사람이 앞에 있다.

"정파라는 가면을 쓰고 그런 파렴치한 짓을 저지르다니! 찢어 죽일 놈들입니다."

"⋯⋯맞는 말이네."

사구 부단주는 떨떠름한 표정으로 고개를 끄덕였다.

사실 그 망아환각독은 자신도 가지고 있었으니까. 그 목적은 지금 고초를 당하고 있는 무사와 별반 다르지는 않았다.

그는 헛기침을 하며 나섰다.

"흠흠, 내가 한번 심문해 보겠네."

"알겠습니다."

그날, 마 장주가 데리고 있던 무사들은 그들의 일생에서 한 번도 경험해 보지 못했던 고통을 경험했다.

그렇기에 더더욱 답답해서 미칠 것 같았다.

진짜 그들이 한 짓이 아니었으니까.

하지만 그들은 알까?

그들이 당하는 고통은 태경현의 주민들이 당했던 고통에 비하면 우습다는 것을.

눈이 마주쳤다고 칼을 휘두르거나 물건을 빼앗고, 욕구가 동한다고 겁탈을 자행했던 그들이었으니까.

무사들을 심문했음에도 별다른 진술을 듣지 못한 채, 사구 부단주는 금자를 탈취당했던 곳 주변을 샅샅이 수색했다.

하지만 금자는 물론 동전 한 닢 찾지 못했다.

그는 아쉬움을 삼키며 포기할 수밖에 없었다.

몇 날 며칠을 머물며 조사할 수 있는 상황이 아니었으니까.

.

.

.

'좀 피곤한가?'

사구 부단주는 자신의 목덜미를 주물렀다.

'하긴, 어젯밤 내내 주변을 수색했으니.'

그건 백뢰단의 단원들 역시 마찬가지였다. 그래도 금자만 냥을 옮기기만 하면 되는 일이다.

웬만한 도둑이나 녹림들은 수레에 꽂아 놓은 무림맹의 깃발을 보면 얼씬도 하지 않을 터.

게다가 이곳은 무림맹의 본진인 하남성이다.

그러니 이번 일은 그냥 유람을 온 거나 다름없는 일.

그들은 긴장하기는커녕, 서로 농담 따먹기를 하며 제멋대로 길을 걷고 있었다.

이는 백뢰단의 특성상 어쩔 수 없는 일이다.

무림맹에 충성하는 가문의 자제들 중에 망나니 같은 이들을 모아서 체면치레라도 할 수 있게 만들어진 곳이었으니까.

물론 무공의 수준은 그리 낮지 않았다.

무공 실력까지 낮았다면 무림맹의 무력단체에 쓸 수 없으니까.

"음……."

얼마 전에 절정의 경지에 오른 사구 부단주는 자신의 왼쪽 가슴을 내려다보며 쓰다듬었다.

어쩐지 오늘따라 그곳이 욱신거렸다.

'그때 이후로 아팠던 적이 없었는데?'

아주 오래전, 자신이 백뢰단의 단원이었을 때 임무 도중 자신의 심장을 노렸던 아이가 있었다.

그 아이가 들고 있던 건 돌을 갈아 만든 칼이었다.

만약 그게 조악한 돌검이 아닌, 잘 벼려진 철검이었다면 자신은 죽었을 터.

그리고 그 아이는 도망쳤다.

'그런데 그때 그 애새끼는 왜 날 죽이려고 했던 거지?'

사구 부단주는 그때 자신이 무슨 짓을 했었는지 전혀 기억하지 못하고 있었다.

그때 옆에 있던 무림맹의 사람이 말했다.

"저, 이제 슬슬 야숙할 곳을 찾아야 할 듯합니다."

"그래야겠군."

* * *

나는 모닥불이 피워진 곳을 바라보았다.

열 명…… 아니, 무림맹에서 계약을 위해 보낸 사람까지 합치면 열한 명이군.

고개를 돌리자, 눈을 감고 있는 진유 무사가 보였다.

서우 무사의 요청 때문이다.

"하지만, 진유 무사가 제 요청을 들어주지 않는다면, 저는 진유 무사가 전면에 서겠다는 것에 동의할 수 없습니다."

"그게 무엇입니까?"

"마음을 다스리십시오. 이번 일은 진유 무사의 복수가 아닌, 주군이 명한 일 중 하나라고 생각하십시오."

"네?"

"복수에 눈이 멀어 버리면, 마땅히 봐야 할 것도 보이지 않는 법입니다. 그로 인해 주군에게 향하는 칼을 보지 못한다면 어불성설이 아닙니까? 만약 진유 무사로 인해 주군이 해를 당하거나 한다면, 나는 진유 무사를 베겠습니다."

그의 단호한 태도에 진유 무사는 순순히 고개를 끄덕였다.

"……서우 무사님의 말이 맞습니다. 저에게 기회를 주신 주군을 위태롭게 할 수는 없습니다."

"마지막까지 긴장을 늦추지 마십시오. 그리고 일을 다 마친 후에 기뻐해도 늦지 않습니다."

"알겠습니다. 조언 감사드립니다. 덕분에 중요한 것을 깨달았습니다."

그 후로 줄곧 저렇게 눈을 감고 있었다.

서우 무사는 내 호위무사들 중에서 참 든든한 기둥 역할을 해 주고 있었다.

아마도 오랜 시간 병석에 누워 있으면서도 자신과 싸워 오면서 무척이나 단단해진 것 같았다.

나 역시 저 말을 듣고 깨달은 것이 있었으니까.

그래, 복수에 매몰되지 않고 차근차근 은해상단을 천하제일상단으로 만들기 위해 노력하다 보면 백천상단과 무림맹에 복수할 수 있을 거다.

그나저나, 저런 큰돈을 호송한 채 야숙을 하면서 술까지 처먹다니…… 가지가지 하네.

하지만 우리에겐 고마운 일이지.

이내 그들이 하나둘 곯아떨어지기 시작했다.

나는 가면을 쓰고 두 사람에게 전음을 보냈다.

ㅡ 가죠.

내 전음에 진유 무사가 눈을 뜨더니, 가면을 쓰고 끈을 단단히 묶었다.

– 준비되었습니다.

– 먼저 가십시오. 뒤를 따르죠.

– 네.

진유 무사가 심호흡을 하고는 검을 들었다.

재를 묻혀 무광 처리한 검이 오늘따라 유독 서늘해 보였다.

탓–!

진유 무사가 자리를 박차고 쏘아져 나갔고, 나와 서우 무사는 그 뒤를 따랐다.

복수의 시간인가? 아니면 인과응보의 시간?

뭐가 되었든 확실한 건 저들에게 지옥의 시간이 될 거라는 거다.

서걱–!

이번에는 손속에 자비를 두지 않았다.

지난번과 달리, 이들이 행방불명 상태가 되어야 무림맹을 애먹일 수 있기 때문이다.

게다가 이들은 무림맹에 충성하는 가문의 자제들.

비록 개망나니라고 해도 그 가문의 자제들인 만큼, 마장주의 호위무사들처럼 고초를 당할 리가 없을 테고.

아마 각 가문에서 적당히 보상을 해 주면서 무마하려 들겠지.

그러면 저들은 계속해서 망나니 같은 일을 저지르고 살 테고, 그 피해는 애꿎은 사람들이 당할 거다.

그러니 이들은 여기서 사라지는 게 낫다.

* * *

사구 부단주는 살이 에일 듯한 살기에 간이침상에서 벌떡 일어났다.

'누가 감히!'

그는 급히 검을 들고 막사에서 뛰쳐나갔다.

하지만 이미 상황은 그다지 좋지 않았다.

다들 술을 많이 마신 탓에 몸을 제대로 가누지도 못하고 속절없이 쓰러지고 있었다.

"네 이놈들! 이게 무슨 짓거리냐!"

사구 부단주의 외침에 침입자들이 그에게 고개를 돌렸다.

웃는 얼굴 가면.

그걸 보는 순간 그의 등골이 서늘해졌다.

'그 증언이 진짜였나?'

하지만 이내 고개를 흔들며 두려움을 가라앉히고, 검을 잡은 손에 힘을 주었다.

저놈들이 그 사건의 범인이라면 금자 만 냥이 있는 곳을 알고 있을 터!

"감히 우리를 습격하다니, 배짱이 두둑하구나. 네놈들을 붙잡아 없어진 금자도 회수해야겠다!"

기습을 당해 쓰러진 녀석들이 있지만, 자신이 나선 이상, 상황은 금세 정리될 것이다.

얼마 전에 절정의 경지에 오른 덕분에, 그의 자신감은 하늘을 찌르고 있었다.

그는 그 자신감을 담아 검을 휘둘렀다.

챙-!

하지만 그의 예상과는 다르게 검은 손쉽게 막혔다.

"제법이구나!"

"……."

상대는 그의 검을 막고도 전혀 당혹스러워하지 않았다.

가면 너머로 보이는 눈빛은 서늘하기만 할 뿐.

"이, 히익!"

불길한 느낌이 들었지만, 그는 재차 검을 휘두르는 것으로 그 느낌을 떨쳐 내려 했다.

챙-! 챙챙-!

까가강-!

연신 검이 부딪치며 불꽃이 튀었다.

하지만 두 사람 중 누구 하나 밀리는 법이 없었고 마치 실을 양쪽에서 잡아당기는 듯 팽팽한 긴장감이 그들을 감싸고 있었다.

곧 끊어질 듯 아슬아슬했다.

그제야 사구 부단주는 정신을 차리고 깨달았다.

자신과 검을 맞대는 자의 경지 역시 자신과 비등하다는 것을.

'빌어먹을! 이자, 절정의 무사다! 어디서 이런 놈이 나타난 거지?'

자신들을 습격한다는 것은 평범한 녹림이 아닌, 무림맹에 원한이 있는 놈들일 터.

어떻게 해서든 살아남아서 이 정보를 무림맹에 전달해야 했다.

'그렇다면 문제가 생겨도 무마할 수 있을 터.'

그때였다.

'빈틈!'

상대방의 왼쪽 옆구리 쪽에서 빈틈이 보였고, 그는 득달같이 그 빈틈을 파고들었다.

그의 검이 상대방의 옆구리에 닿기 바로 직전.

'응?'

뭔가 잘못되었다는 것을 깨달았을 땐 이미 비수가 그의 눈앞에 다가와 있었다.

하지만 이미 멀리까지 나아간 검을 다시 회수한다는 건 어려운 일.

게다가 검을 내밀면서 동시에 그의 상체 역시 앞으로 나가고 있었기에 얼굴을 회피할 수도 없었다.

'젠장! 설마 옆구리의 빈틈은, 함정이었던 건가?'

이런 함정을 판다는 건, 자신보다 뛰어난 고수라는 의미다.

그러나 너무 늦게 알아차렸다.

퍽-!

"끄아아악!"

그는 눈에서 느껴지는 고통에 비명을 내질렀다.

서걱-!

그와 동시에 검을 쥐었던 오른팔이 날아갔다.

이어서 상대의 검이 심장이 있는 가슴에 닿았다.

"이번에는 돌칼이 아니라 다행입니다. 그때 죽어 간 친우들의 복수를 할 수 있어서."

"……!"

그제야 그의 뇌리에 과거의 일이 떠올랐다.

자신의 가슴을 돌칼로 찌르려고 했던 아이, 그리고 도망쳤던 아이와 그때 자신들이 했던 일에 대해서.

"너, 너는!"

푹-!

하지만 그는 말을 더 잇지 못했다.

이번에야말로 진유 무사의 검이 사구 부단주의 심장에 박혔으니까.

털썩.

그렇게 그는 자신이 저지른 죄에 비해 편안한 죽음을 맞이했다.

하지만 과연 저승에서도 편할 수 있을까?

그의 죽음으로 인해 가문이 겪게 될 고초를 생각한다면 그리 편하지는 않을 터.

- 살아 있는 자는 없습니다.

서우 무사의 전음에 진유 무사는 그제야 자신이 죽인 사구 부단주를 제대로 응시할 수 있었다.

그는 담담히 사구 부단주의 눈에 박힌 비수를 회수하고

는 눈을 감았다.

비참하게 죽어 갔던 친구들의 얼굴이 하나하나 떠오르기 시작했다.

백뢰대에 의해 잔인하게 학살당한 육십여 명, 그리고 이후의 훈련에서 죽은 삼십여 명.

그리고…….

임무 도중 죽은 자가 다섯 명.

당시 함께였던 이들 중에 유일하게 살아남은 진유 무사의 복수는 이제 막 시작되었을 뿐이었다.

* * *

나는 진유 무사를 보았다.

그 모습이 어쩐지 후련해 보였다.

하지만 여유롭게 있을 상황이 아니었기에 잠시 후 그를 불렀다.

"진유 무사님, 이제 뒤처리를 하고 자리를 떠야 합니다."

"예, 기다려 주셔서 감사합니다."

우리는 서둘러 작업을 시작했다.

시신들을 숨기고, 핏자국을 지웠다. 그리고 다시 짐을 챙긴 후 각자 흩어진 흔적을 남겨 두었다.

물론 이번에도 금자 만 냥은 내 비밀창고로 들어갔다.

완벽하게 일을 마무리한 우리는 다시 객잔으로 돌아왔
다.

"도련님, 오셨습니까요?"

"응. 별일 없었지?"

"네, 별일은 없었고 도련님의 말씀대로 일부러 사람들
에게 도련님과 두 무사님의 모습을 보였습니다요."

"잘했어."

나는 팔갑에게 허매경을 주며 그것으로 다른 이들에게
나와 서우 무사, 그리고 진유 무사의 모습을 볼 수 있게
하라고 했다.

허매경은 자신이 원하는 곳에 자신의 허상을 둘 수 있
는 기물이다.

하지만 허매경에는 또 다른 숨겨진 능력이 있었다.

바로 자신의 허상만이 아닌, 자신이 원하는 허상을 둘
수 있다는 것.

즉, 자신이 알고 있는 자라면 누구든 상관없었다.

팔갑이 이 능력을 이용해 다른 이들에게 우리의 모습을
보임으로써 증인을 만들어 둔 것이다.

이왕 일하는 거 완벽하게 해야지.

우리는 다 같이 일 층으로 내려갔다.

"하루 종일 일만 했더니 배고프네."

"음식을 주문하겠습니다요."

"응."

곧 담백해 보이는 국수가 우리 식탁에 차려졌다.

나는 그 국수를 먹으며 다시금 생각을 정리했다.

이제 남은 건 마 장주를 완벽하게 보내 버리는 거다. 그가 저지른 죄의 대가를 받아야지.

여덟 명의 젊은 소저들을 잔인하게 죽인 죄에 대한 대가가 아직 남았다.

얼마 전, 진영 대협이 곡식을 황궁에 바친 지현에 대해 묻고자 온 적이 있었다.

그때 나는 진영 대협에게 조언을 구했었다.

감찰어사는 확실한 증거만 있다면 고발인 없이도 얼마든지 직권으로 조사할 수 있다고 했다.

증거라…… 아마 지현에게 뭔가 있지 않을까?

마 장주에게 굽실거리고는 있지만, 그 속에 반발심이 없을까?

명색이 현의 책임자인 관리인데 그 자존심이 상하지 않을 리 없다.

분명히 있을 거다.

언젠가 그를 엿 먹이겠다는 각오로 만든 증거가.

.

.

.

사흘 뒤, 나는 태경현의 지현을 찾아갔다.

"소상이 지현 대인을 뵙습니다."

"그래, 어쩐 일인가?"

"최근에 생긴 불미스러운 일로 인해 바쁘시다는 것을

알면서 이리 찾아와 송구합니다."

"아니네. 마침 머리가 아프던 참이라서 쉬려고 했네. 차라도 한잔하겠는가?"

"주시면 감사히 마시겠습니다."

우리는 현청에 마련되어 있는 접빈실로 향했다.

의외로 지현이 직접 차를 우려 내주었다.

"드시게."

"감사히 마시겠습니다."

차를 마시면서 속으로 조금 놀랐다.

확실히 차의 질 자체는 마가장에서 마셨던 것보다 떨어지지만, 맛은 훨씬 좋았다.

즉, 차에 대해 조예가 깊다는 뜻이다.

"이거, 차 우리시는 솜씨가 보통이 아니시군요."

"그리 자랑할 정돈 아니네만, 알아주니 고맙군."

우리는 그렇게 가벼운 이야기를 일 각 정도 나누었고, 조심스럽게 본론을 꺼냈다.

"지현 대인께서는 마 장주에 대해서 어떻게 생각하십니까?"

"……이 마을의 발전을 위해 애쓰시는 분이지."

하지만 그 눈빛과 찻잔을 든 손이 떨리는 것을 보니 마음에 없는 소리다.

"지현 대인. 이번에 마 장주가 금자 만 냥을 잃어버렸다는 것을 아실 겁니다."

"당연한 소리를 왜 하나?"

"마 장주가 왜 금자 만 냥이라는 거금이 필요한지도 아십니까?"

"알고 있네. 마 장주가 무림맹에서 추진하는 표국사업에 투자하기로 했다고."

"그럼 금자 만 냥을 잃어버린 마 장주는 무슨 수로 그 돈을 보냈을까요?"

"……응?"

"답을 알려 드리지요. 그가 가진 모든 소유를 저에게 팔았습니다. 그래서 지금 마 장주는 알거지입니다. 속된 말로 개털이라고 하죠."

"개털…… 아니, 빈털터리라고? 마 장주가?"

잠시 눈을 빛낸 지현이었지만, 이내 고개를 저었다.

"하지만 머지않아 수익금이 들어올 것 아닌가. 단순하게 그리 생각할 순 없지."

"소문이 느리시군요."

"응?"

"지금 무림맹에서는 난리가 났다고 합니다."

"난리가 났다니? 무슨 소리인가?"

"저번에 이곳에 왔던 백뢰단의 단원들이 행방불명되었기 때문입니다. 금자를 나르던 도중에 모두 사라져 버렸다고 합니다."

"……뭐?"

"투자금이 무림맹에 도착하지 못해, 사업을 추진조차 못 하고 있습니다. 그런 상황에서 수익금을 어찌 받겠습니까?"

"……."

"그리고 현재 마 장주를 지켜 주던 무사들 대부분이 이 현청에 갇혀 문초를 당하고 있습니다."

그 말에 지현은 큰 깨달음을 얻은 듯 눈이 커졌다.

"이 현의 행정을 총괄하는 지현 대인을 좌지우지할 수 있는 분은 만인지상이신 황제 폐하뿐입니다."

"맞네!"

"그런데 일개 장주가 힘으로 황제 폐하의 성지를 받아 이 마을을 다스리기 위해 온 지현을 겁박한다는 게 말이 나 되는 소리입니까?"

"그렇지! 자네 말대로네."

지현의 반응이 예상대로였기에, 나는 차분히 다음 이야기를 꺼냈다.

"그래서 말인데, 마 장주의 부인이었던 자들이 지금까지 모두 여덟 명이 있다고 들었습니다."

"……."

"그리고 그들 모두 자살했다죠."

"험험."

그는 민망한 듯 헛기침을 하며 찻잔을 들었다.

"진실은 어떻습니까?"

"그, 그건, 왜 들추나?"

"당연히 들추어야지요. 그것만큼 마 장주를 확실하게 보내 버릴 수 있는 게 있습니까? 게다가 지금 이곳에 제형안찰사사에서 나온 관리도 있습니다.”

이렇게까지 말했는데도 아직 머뭇거리는 것을 보니, 어지간히도 마 장주에게 시달렸던 모양이다.

“그 조사 자료, 있으시지요?”

“……”

곧바로 부정하지 않는 것을 보니, 역시 있다.

“그럼 제가 결단할 수 있는 용기를 드리죠.”

나는 그 앞에 감찰어사의 신분패를 내밀었다.

“……!”

그걸 본 지현의 눈이 커졌다.

“사실, 이 일에 대해 황제 폐하께서 알고 계십니다.”

“……”

“그래서 제가 이곳에 온 겁니다.”

찻잔을 든 그의 손이 덜덜 떨렸다. 안의 찻물이 넘칠 만큼.

나는 그의 손에서 찻잔을 받아 탁자 위에 놓았다.

그리고 그 손을 잡으며 말했다.

“이해합니다. 지현 대인도 피해자시라는 것을. 현의 모든 것이 마 장주의 손아귀에서 놀아나고, 수십 명의 일류무사들이 그의 말대로 움직이는데 어쩔 도리가 있으셨겠습니까?”

그제야 그의 입이 열렸다.

“그, 그렇다네. 내 목에 검을 대고…… 잔인하게 개죽음 당하고 싶지 않으면 자신의 말을 잘 들으라고 했네.”

그는 관복을 헤치고 자신의 목을 보여 주었다.

"이게 그때 났던 상처이네."

제법 긴 흉터가 남아 있었다.

새삼 마 장주의 위세가 얼마나 대단했는지 느꼈다.

명색이 현의 책임자인 지현을 이렇게까지 협박할 수 있을 줄이야.

"당연히 처음에는 나도 반발했지. 하지만 이렇게까지 되고 나니 굴복할 수밖에 없었네. 이 현의 어버이라는 자로서 면목이 없는 일이지."

나는 그를 다독이며 재차 물었다.

"아직 늦지 않았습니다. 조사 자료, 있으시지요?"

그는 비장한 표정으로 고개를 끄덕였다.

"있네. 여덟 건에 대해 모두 비밀리에 만들어 놨지."

.

.

.

나는 현청에서 나왔다.

새삼 지현이 안쓰럽게 느껴졌다.

솔직히 저 상황에서 누가 지현처럼 행동하지 않을까?

하지만 지현은 끝까지 살아남으며 기회를 엿봤고, 마침내 결실을 맺을 때가 왔다.

나는 이필 무사에게 말했다.

"은풍대 사 조에게 지금 당장 이곳으로 오라고 하십시오."

"알겠습니다."

"그리고 팔갑아."

"부르셨습니까요?"

"움막 하나 알아볼래?"

"네? 움막 말입니까요?"

"응. 허름할수록 좋아. 아무리 그래도 집 한 채 내주지도 않고 쫓아낼 수는 없잖아."

.

.

.

곧 내가 부른 은풍대 사 조가 도착했다.

"부르셨습니까?"

은풍대 사 조의 조장 명부성(鳴富盛).

운남 지역 출신으로 커다란 곡도를 잘 쓰는 인물이다.

하지만 그의 무기보다 더 큰 특징은 바로 얼굴.

우는 아이도 울음을 그치다 못해 경기를 일으킬 만큼 험상궂은 얼굴이었는데, 이와 기형적인 곡도는 상승효과가 끝내줬다.

하지만 참 성실하면서도 마음도 여린 남자다.

아무튼, 얼굴 하나로 먹고 들어가니 무력시위를 할 때 제격이라 그런 일에 쏠쏠히 써먹고 있었다.

마음이 여린 사람에게 너무한 일이 아니냐고 할 수 있겠지만, 명부성 조장은 그 일을 마다하지 않았다.

내 지난 삶에서 이에 대해 물었을 때 그는 웃으며 말했었다.

"무력시위를 한다는 건 검을 휘둘러 다른 이들을 죽이지 않아도 된다는 거 아닙니까?"

"그건 그렇죠. 무력시위는 그냥 협박만 하는 거니까요."

"그래서 제가 그 일을 마음에 들어 하는 겁니다. 그래서 일부러 무서운 표정을 연습하곤 합니다. 하하하!"

명부성 조장은 그런 남자다.

"무력시위를 할 일이 있습니다."

"그건 제 전문이지요. 맡겨만 주십시오. 소단주님."

내 말에 포권을 취하며 씨익 웃었는데, 그게 더 무서워 보였다.

우리는 마가장으로 향했다.

"험험, 그래. 연락도 없이 무슨 일인가?"

마 장주는 여전히 당당한 태도였다.

하지만 이제 그것도 끝이다.

"마 장주님, 장원을 비워 주셔야겠습니다."

"뭣이? 장원을 비워 달라니? 그게 무슨 소리인가?"

"이 장원을 써야 할 일이 생겼기 때문입니다."

"분명히 지난번에 이 장원의 소유권만 가지겠다고 하지 않았나?"

"그랬죠. 그런데 장주님. 소유권을 가진다는 건 이 장원의 주인이라는 겁니다. 그리고 장원의 주인은 그 장원에 거하는 자의 퇴거를 명할 수 있는 권리가 있습니다. 게다가 제가 이곳에 머무르라고 허락한 것도 아니잖습니까?"

"……."

"제 말이 틀립니까?"

"……."

틀린 말이 아니었다. 나는 그에게 이곳에 머물러도 된다고 말한 적이 없으니까.

"조, 조금만 기다려 주게나! 이번에 무림맹의 사업에 투자한 돈의 수익금을 받으면……."

"아직 그 소식 듣지 못하셨습니까?"

"소식? 무슨 소식 말인가?"

"장주님의 투자금을 호송하던 백뢰단원들이 실종되었다고 합니다."

"뭣이?"

"그래서 무림맹 측에서는 아직 자금을 전달받지 못해서 사업을 추진조차 하지 못하고 있다더군요."

"……."

"아무튼, 그렇게 되었습니다. 그러니까 장주님. 이만 장원을 비워 주시지요."

"그럴 수 없네! 내 다른 곳에서라도 돈을 융통하면 되는 일!"

"돈을 융통하실 수는 있으십니까? 담보로 제시할 재산은 있으시고요?"

내 비아냥 섞인 물음에 마 장주의 얼굴이 점점 붉어졌다.

"어디서 그런 오만방자한 언행인가!"

"왜요? 사실이잖습니까?"

마 장주의 눈이 분노에 찼다가, 이내 음험하게 빛났다.

"여봐라! 지금 당장 저놈들을 포박해라!"

"네!"

마 장주의 생각은 듣지 않아도 뻔했다. 나를 억류하고, 내가 가지고 있는 계약서를 뺏을 생각일 거다.

나쁜 놈들의 생각은 거기서 거기란 말이지.

사실 그가 본색을 드러내기를 노리고 일부러 비아냥거리긴 했는데……

와, 진짜 단순하다.

무사들이 나에게 달려들었지만, 내 호위무사들의 실력이 어디 보통이어야지.

퍽-!

우당탕!

"으윽!"

"큭!"

순식간에 전세가 역전되었다.

마 장주에게 남은 호위무사들은 기껏해야 이류무사들뿐.

일류무사들은 다 현청에서 고초를 당하고 있으니까.

당연히 내 호위무사들에게 상대도 되지 않았다.

"지금은 경고 차원이기에 검을 뽑지 않고 상대했습니다만, 이후로는 어찌 될지 모르겠군요. 제 호위무사들이 워낙 충성스러워서 말입니다."

"지, 지금 당장 다른 무사들을 불러와라! 저놈들을 도륙내란 말이다! 그래 봤자 고작 여섯 명이다!"

아직도 정신을 못 차렸군.

나는 바깥을 보며 큰 소리로 외쳤다.

"명 조장님!"

이내 대문이 활짝 열리며, 명부성 조장이 조원들을 이끌고 들어왔다.

"흭!"

"히익!"

명 조장의 무서운 얼굴을 본 무사들은 자신들도 모르게 뒤로 물러났다.

마 장주 역시 무사들과 다를 바 없었다.

"장주님도 참 생각이 짧으시네요. 제가 명색이 은해상단의 소단주인데 호위무사들만 달랑 데리고 다니겠습니까?"

"……."

나는 마 장주에게 다가가 말했다.

"어찌하시겠습니까? 지금이라도 순순히 나가신다면 저에게 하려고 했던 짓은 눈감아 드리죠."

"……."

마 장주는 눈을 질끈 감으며 말했다.

"나, 나가겠네."

"잘 생각하셨습니다."

"하지만, 아무리 그래도 그렇지! 이렇게 갑작스럽게 나가라고 하면 나는 대체 어디서 지낸단 말인가?"

"그래서 장주님을 위해 작은 집 하나 마련해 두었습니다."

"집?"

"저는 그렇게 매정한 사람은 아닙니다."

마 장주는 한숨을 내쉬며 말했다.

"알겠네. 식솔들에게 짐을 싸라고 하겠네."

"아, 그러실 필요 없습니다. 마 장주님과 그 식솔들은 몸만 나가면 됩니다."

"뭐?"

"잊으셨습니까? 이 장원의 작은 돌 하나까지, 모든 것이 제 소유입니다. 장주님께서 입으신 옷도 제 소유죠. 그래도 지금 걸치신 건 입고 가실 수 있게 해 드리죠."

나는 말을 이었다.

"그리고 전에 장주님의 투자 계약서 등을 살펴볼 때 고용 계약서도 우연히 볼 수 있었는데, 그 고용 계약서를 보니 정상적으로 봉급을 줄 수 없게 된 상황일 경우 그 계약은 자동으로 해지된다고 적혀 있더군요."

그 말에 마 장주는 고개를 돌려 총관을 보았다.

마침 일련의 소동에 총관도 나와 있었는데, 그가 고개를 끄덕였다.

"네. 맞습니다."

"그리고 정상적으로 봉급을 줄 수 없게 된 상황은 다음의 세 가지가 있더군요. 첫 번째는……."

총관이 내 말을 받아 설명했다.

"삼 개월 동안 봉급이 밀린 경우, 두 번째로는 마가장을 이을 상속자가 없는 경우, 세 번째로는 이 장원의 주인이 바뀐 경우입니다."

나는 씩 웃었다.

"그럼 총관님, 지금 이 상황은 방금 말씀하신 세 가지 경우에 속합니까?"

"그렇습니다."

총관은 내 앞에 무릎을 꿇었다.

"제 이름은 안숙이며, 이곳 마가장에서 사십 년째 일하고 있습니다."

그 정도면 선대부터 일했다는 의미인데?

"이 노구에게 기회를 주신다면 충심으로 보필하겠습니다. 저와 계약해 주십시오."

그래, 침몰해 가는 배에서 끝까지 버티는 것보다 빨리 새 배로 갈아타는 것도 지혜다.

나는 총관에게 다가갔다.

"날이 찹니다. 이러지 마시고 어서 일어나십시오."

"소인은 새 장주님께서 제 청을 들어 주실 때까지 일어나지 않을 겁니다."

"알겠습니다. 그러니 일어나십시오."

사십 년이나 이곳에서 일했다는 건 마가장에 대해서는 물론, 태경현의 정보에도 밝다는 뜻이다.

여러모로 내게 도움이 될 사람이다.

"계약할 테니, 앞으로 잘 부탁드립니다."

"감사합니다."

안 총관은 그제야 자리에서 일어났다. 나는 어느새 마당으로 나온 모두에게 말했다.

"네, 그렇게 되었습니다. 그러니 저와 재계약을 하실 분은 안 총관님 쪽에 서면 됩니다. 그게 싫으시면 마 장주님과 함께 나가면 됩……."

나는 헛웃음을 지었다.

모든 고용인들이 안 총관 뒤에 섰기 때문이다. 마 장주와 그 식솔들이 배신감 섞인 눈으로 고용인들을 보았지만, 그뿐이다.

그들에게는 계약을 유지할 돈이 없고, 고용인들은 그런 그들과 계약을 유지할 이유가 없으니까.

"그럼 장주님과 식솔들은 저를 따라오시면 됩니다."

마 장주를 따라오는 식솔들은 단출했다.

마 장주의 종질들인데, 내가 사들인 상점을 운영하던 이들이어서 기억하고 있다.

그 나물에 그 밥이라고, 마 장주가 그 모양이니 종질들이라고 멀쩡할 리가 없었다.

혼인을 했는데 이혼한 이도 있고, 부인이 야반도주한 이도 있었다.

내가 상점을 인수하면서 그들 역시 상점에 나가지 않게 되었기에 장원에 머무르고 있었다.

그들은 마 장주를, 아니 이제 더 이상 장주가 아니지.

마정을 원망스러운 눈초리로 바라보았다.

그걸 보며 나는 속으로 웃음이 나왔다. 마 장주에 빌붙어서 지금까지 잘 먹고 잘살았으면 됐지, 욕심도 많네.

저들이 운영하던 상점들을 인수하는 중에 알게 되었는데, 저들이 태경현 주민들에게 부린 패악질도 만만치 않았다고 한다.

곧 우리는 팔갑이 준비한 집에 도착했다.

"여깁니다."

"응?"

"여, 여기라고요?"

나는 모르는 척 반문했다.

"왜 그러십니까?"

"아, 아니…… 혹시 저 앞의 작은 모옥이…… 자네가 마련한 집인가?"

"네."

우리 앞에는 허름한 모옥이 있었다.

사실 움막을 준비하려고 했는데 이 근처에 움막이 있어야지.

그래서 할 수 없이 다 쓰러져 가는 모옥을 구하는 쪽으로 방향을 바꿨다.

"그럼 커다란 기왓집을 기대하셨습니까? 제가 미쳤습니까? 제가 왜 그런 손해를 자처합니까? 안 그래도 마 장주님과 손해를 보면서 거래했는데 말입니다."

"……."

"여기가 마음에 드시지 않으면 재주껏 알아서 살 집을 찾아보시죠. 그럼, 저는 이만."

나는 두말하지 않고 뒤돌아 자리를 떴다.

.

.

.

다시 마가장으로 돌아온 나는 곧바로 안 총관을 찾았다.

"안 총관님."

"네."

"저 앞에 마가장 현판 떼어 버리세요. 이곳은 더 이상 마가장이 아닌데 저게 달려 있을 필요가 있나요?"

"맞는 말씀입니다."

"그런데…… 마정 그자에게 형제는 없나요?"

내 물음에 안 총관은 씁쓸한 표정을 지었다.

"두 형이 있었습니다만, 불행한 사고로 목숨을 잃었습니다. 그리고 그 충격으로 선대 장주님께서 시름시름 앓다가 돌아가셨습니다."

"그랬군요."

"그런데 두 도련님이 돌아가셨을 때 근처에 마정, 그자가 있었습니다."

"심증은 있지만, 물증이 없다는 건가요?"

내 물음에 안 총관은 말없이 고개를 끄덕였다.

사십 년이나 일한 총관이 이리 말한다는 건, 정말 물증만 없을 뿐 확실하다는 뜻이다.

조사할 게 하나 더 늘었군.

* * *

저녁이 되자 날은 더욱 추워졌다.

마정은 종질들에게 외쳤다.

"뭐 하는 거냐? 당장 불을 때야지!"

"불을 어찌 때는지 알아야 불을 때죠?"

"그런데, 밥은 어떻게 하는 거죠?"

장작과 쌀은 있지만, 불을 때고 밥을 해 본 적이 없으니 당연히 제대로 될 리가 없었다.

이리저리 고군분투했지만…….

"젠장!"

그때 마정이 말했다.

"그 괘씸한 놈이 그랬지. 여기가 싫으면 알아서 살 집을 구하라고."

"네, 그랬죠."

"우리가 누구냐? 이 태경현의 왕이다! 그런데 왜 우리가 이렇게 구질구질하게 있어야 하지?"

"맞습니다."

"내가 알기로 민씨네 집이 이 근처에서 제일 좋지."

태경현에는 마가장을 제외하고도 몇몇 유지가 있었고, 그중에 하나가 민씨네였다.

유지라고 해 봤자, 자신에게 굽실거리던 자였기에 마정

은 당당하게 말했다.

"오늘부터 우리는 그곳에서 머물도록 하자."

"네."

그들은 그 모옥에서 나와 민씨의 집으로 향했다.

"에헴! 민씨 있는가?"

"누구십니까?"

문이 열리고 하인이 나왔다.

"민씨를 부르게."

그를 알아본 하인은 급히 안으로 들어갔고, 민씨가 허겁지겁 달려 나왔다.

마정은 기세등등한 표정으로 그에게 말했다.

"여기서 나가게."

"네?"

"오늘부터 이곳에서 우리가 살 테니 나가라는 말이네. 아, 그리고 우리 수발을 들어 주어야 하니 하인이랑 하녀들은 이곳에 남아 있으라고 하고."

"……."

"뭐 하나? 나가지 않고?"

그 말에 그는 본능적으로 고개를 숙이려고 했다.

하지만 그때 그을리고 흙투성이가 된 마정의 옷이 보였다.

평소 깔끔이란 깔끔은 다 떨고 다니던 자인데 말이다.

'진짜구나!'

좀 전에 잘생긴 미청년이 찾아와 남겼던 말이 떠올랐다.

"오늘 마 장주가 찾아와서 당장 나가라고 할 겁니다. 이곳에서 산다면서요."

"네?"

"그냥 들으십시오. 이제 그는 마가장의 장주가 아닙니다. 마가장의 모든 것은 제 소유가 되었거든요. 그자를 지켜 주던 무사들도 없습니다. 그냥 빈털터리입니다."

"그럼 어떻게 해야 합니까?"

"물이나 한 바가지 끼얹고 흠씬 때려서 쫓아내면 되지, 뭘 걱정하십니까?"

"하, 하지만……."

"걱정하지 마시죠. 제 호위 중 하나를 여기에 남겨 두고 가겠습니다. 이 사람이 당신들을 지켜 줄 겁니다."

그의 말이 맞다면 더 이상 마정의 만행을 참을 필요가 없었다.

그간 얼마나 많은 횡포를 당해 왔는가?

그 울분이 참고 억누른다고 사라지는 게 결코 아님을 마정은 알까?

민씨는 마음을 다잡고 장독대로 향했다.

추운 날씨라, 큰 독에 담긴 물에는 살얼음이 끼어 있었다.

그는 그 독에서 물을 퍼서는 마정과 그 종질들을 향해 끼얹었다.

"어푸!"

"허푸푸!"

그 날벼락에 마정과 종질들은 눈을 깜빡였다.

"이런 날강도 같은 놈들이! 어디서 행패야? 썩 꺼지지 못할까?"

"이런 무엄…… 컥!"

빠악-!

마정은 말을 채 잇지 못했다.

그의 안면에 바가지가 명중했기 때문이다.

민씨는 하인에게 명령했다.

"이놈들을 흠씬 패서 쫓아내라!"

"네!"

곧 하인들이 몽둥이를 들고 마정과 그의 종질들을 마구 패기 시작했다.

하인들은 그 주인인 민씨의 수모를 곁에서 지켜봤던 이들인 만큼, 몽둥이에는 감정이 잔뜩 실려 있었다.

"으악!"

"으윽!"

"나가겠네! 우리가 나가면 될 것 아닌가!"

그들은 몽둥이찜질을 피해 황급히 민씨의 집을 나섰다.

"으득…… 내 이 일을 잊지 않겠…… 에취!"

마정은 분노한 목소리로 종질들에게 말했다.

"저 집으로 가 보자."

"네."

그들은 자신들이 했던 짓은 생각도 하지 않고, 민씨가 자신들을 문전박대한 것만 생각하며 이를 갈았다.

이내 다른 집에 도착한 마정이 문을 두드렸다.

"험험, 집에 있는가?"

"뉘슈?"

잠시 후 문이 열리고 한 남자가 나왔다.

"오늘부터 우리가 이 집에서 살 테니 나가게나."

"네?"

"나가라니까?"

"장주님의 장원은 어따가 두고 이 코딱지만 한 집에서 산다고 그러십니까?"

"험험, 사정이 있네."

그 집 주인은 마정 일행의 행색을 보았다.

물에 빠진 쥐새끼 같은 꼴에 옷에는 그을음이 가득했고 어디서 얻어터진 것처럼 곳곳이 울긋불긋했다.

그 집 주인은 오늘 한 미청년이 찾아와 한 말을 떠올렸다.

마정은 이제 빈털터리가 되었고, 그를 지켜 주던 무사들도 없으니 더 이상 그에게 굽실거리지 않아도 된다고 했다.

설마 했는데 정말이었다.

그게 아니라면 저런 꼴로 자신의 집에 올 리가 없으니까.

"잠시만 기다리십시오."

그는 안으로 들어가 물을 한 바가지 퍼서는 그대로 마

정 일행에게 뿌렸다.

"어푸!"

"어푸푸푸!"

"뭔 개소리야? 당장 꺼져!"

쾅-!

노성과 함께 거칠게 닫히는 대문.

"……."

마정은 이를 갈았다.

"두고 보자! 내 이 수모를 잊지 않을 터이니!"

"저기, 저희 그만 그 모옥으로 돌아갑시다."

"그냥 가요."

종질들이 조심스럽게 마정을 만류했지만, 그는 오기가 생겼다.

"아니! 내가 자존심이 있지 이대로는 포기 못 한다! 저 집으로 가 보자!"

하지만 그들은 그 옆집으로 가지 말았어야 했다.

그 집은 마정의 세 번째 부인의 친정집이었으니까.

"누구 없는가?"

몇 번을 부르자, 그제야 안에서 누군가가 나왔다.

"뉘십니까?"

마정은 이번에는 다짜고짜 상대를 밀치고 안으로 들어 갔다. 그러고는 거만한 태도로 명령했다.

"밥 한 상 거하게 차려 오너라."

"네?"

"뭐 하냐? 밥상 차려 오라니까? 그리고 오늘부터 이곳에서 살 거니까 그렇게 알고."

"……."

그때였다.

"뭐? 밥상을 차려와? 이곳에서 산다고? 이런 우라질 놈이!"

그들이 다급히 뒤를 바라봤지만, 이미 늦었다.

그 집주인, 마정의 장인이었던 남자가 그를 향해 방망이를 휘둘렀으니까.

빠각-!

눈앞에 별이 번쩍였다.

"내 딸자식 죽여 놓고 뭐? 이 자식! 잘 왔다! 오늘 내가 너를 죽여 내 딸의 원수를 갚겠다!"

퍼억-! 퍽-!

오랜 시간 노동으로 단련된 팔심은 엄청났고, 마정과 그 종질들은 한참을 얻어맞았다.

"아이고, 덕배야!"

그의 외침에 눈치 없는 종질들이 말했다.

"덕배도 배신했잖습니까?"

"이제 불러도 호위무사들 안 와요."

"입 안 닥…… 커헉!"

몽둥이 하나가 더 추가되었다.

그 아들의 몽둥이였다. 자신의 누이를 죽인 마정을 증오하는 건 그 역시 마찬가지였으니까.

"사, 사람 살려!"

"네가 사람이냐? 짐승만도 못한 새끼야!"

그들은 한참이 지나서야 맞아 죽기 전에 간신히 그 집에서 탈출할 수 있었다.

하지만 너무 많이 얻어맞아 온몸이 욱신거렸다. 절뚝거리며 걷던 마정이 침울한 표정으로 말했다.

"모옥으로…… 돌아가자."

"네."

그들은 결국 은서호가 마련해 준 모옥으로 돌아갈 수밖에 없었다.

옷은 넝마가 된 것도 모자라 물에 젖어 딱딱하게 얼어붙었다.

오들오들 떨면서 간신히 불은 지피는 데 성공했지만, 밥은 태우고 말았다.

그렇게 그 세 사람에게 악몽과 같은 밤이 지나고, 날이 밝았다.

밤새 뜬눈으로 날밤을 새운 마정은 밖으로 나왔다. 은서호에게 가서 빌어 보기 위해서였다.

하다못해 하녀라도 한 명 줘야 하지 않겠느냐고.

그때 한 무리의 관군들이 그들의 모옥으로 우르르 몰려왔다.

그걸 본 마정의 눈에 한 줄기 서광이 비치는 듯했다.

'그래! 내 사정을 들은 지현이 나를 돕기 위해 사람을 보낸 거구나! 내가 지현을 얼마나 살뜰히 챙겨줬는데, 암!'

그들이 마정에게 다가와 물었다.

"그대가 마정이 맞소?"

"그렇네. 에헴! 보면 모르나?"

"난 거지인 줄 알았지."

"무엄하다! 지금 감히 누구에게……."

"아, 시끄럽고 네놈의 식솔들은?"

뭔가 저들의 말투가 이상했다. 평소의 공손하던 말투가 아니었으니까.

"저 안에……."

"여러 건의 살인을 저지른 자와 그 혈족들이다! 포박하라!"

"네!"

관군들은 순식간에 마정과 종질들을 제압하여 포승줄로 묶었다.

"이, 이게 무슨 짓인가! 당장 이 포승줄을 풀지 못할까? 내가 너희들 얼굴 다 기억했다! 내가 가만둘 거라고 생각……."

빡-!

그의 얼굴이 옆으로 휙 돌아갔다.

관군 중 하나가 그의 얼굴을 주먹으로 갈긴 탓이다.

"시끄러워! 죄인 주제에 뭐 잘했다고 큰소리야!"

"죄, 죄인? 내가 죄인이라니?"

"죄 없는 여자를 여덟 명이나 죽였는데 죄인이 아니면 뭐야?"

"그게 무슨……?"

"시끄럽네. 재갈 물려라."

"네."

* * *

나는 지현의 연락을 받고 현청으로 향했다.

"오셨습⋯⋯."

나는 손을 앞으로 내밀며 말했다.

"왜 갑자기 존대이십니까? 그냥 이전처럼 편하게 하십시오. 보는 눈이 있습니다."

"아, 그, 그렇지. 하하하. 왔는가?"

"네. 문초는 잘 진행되고 있습니까?"

지현은 선선히 고개를 끄덕였다.

진정으로 개운하다는 표정.

"지금까지 상당한 양의 죄를 실토했네."

"부인들을 살해한 것에 대해서도 실토했나요?"

"그것뿐만이 아니라 다른 죄에 대해서도 지금 줄줄이 실토하고 있네."

"그 형제들에 대한 건 어찌 되었습니까?"

"그건 아직 진행 중인 걸로 아네. 가 보겠는가?"

"그러죠."

나는 지현을 따라 뇌옥으로 향했다.

점점 뇌옥에 가까워질수록 혈향이 짙어지고 비명이 들려왔다.

"끄아아악! 자, 잠깐! 말 한다고! 말 하겠습니다!"

벽에 매달려 고초를 당하고 있는 한 남자.

그는 처절한 비명을 지르며 외치고 있었다.

와…….

저게 사람인가?

순간 그런 생각이 들 정도로 처참한 모습이었다.

하지만 그가 저지른 악행을 알기에 별로 불쌍하지는 않았다.

"그, 그날, 제가 큰형을 절벽에서 밀었습니다. 형에게 절벽에 걸린 제 신발을 주워 달라고……."

그리고 그의 진술을 들으며 생각했다.

좀 더 맞아도 될 것 같다고.

.

.

.

며칠 후, 황궁에서 보낸 이가 태경현에 당도했다.

"태경현의 지현은 황제 폐하의 성지를 받들라!"

그 말에 지현은 얼른 그 앞에 무릎을 꿇었다.

"태경현 지현은……."

마정과 그 식솔들을 황궁으로 압송하라는 황명이었다.

이는 내가 미리 황제에게 서신을 보냈기 때문이다.

내가 직권으로 조사를 명한 일에 대해서는 황제에게 보고해야 했다.

황제가 내려 준 권한을 쓴 것이었으니까.

사후에 보고해도 상관은 없지만, 이번에는 미리 보고서를 보냈다.

본보기로 보이기 좋은 일이니, 자체적으로 처벌하라고 하지 않을 터.

내 생각대로 황제는 마정과 그 식솔들을 압송하라는 명을 내렸다.

아울러 나 역시 황궁으로 오라는 성지를 받았다.

달그락, 달그락.

나무로 만든 이동식 뇌옥 안에는 마정이 앉아 있었다.

그 뒤로는 그의 종질들이 탄 이동식 뇌옥이 따라오고 있었다.

말이 끄는 이동식 뇌옥에 깔린 건 덤불이 전부였다.

현청을 나서자 태경현의 주민들이 현청 앞에 나와 있었다.

언뜻 봐도 태경현의 주민들이 전부 나온 듯했다.

당연히 그들이 마정을 환송하러 나왔을 리가 없었다.

그 증거로 그들은 손에 한 줌씩의 모래를 들고 있었다.

원래 저들의 손에는 돌이 들려 있었지만, 내가 지현에게 언질을 주어 모래로 바꾸게 했다.

황명으로 마정을 압송하는 중인데, 마을 사람들의 돌팔매질로 인해 마정이 사망하면 곤란하니까.

아무리 마을 사람들의 복수심이 짙다고 해도 황명을 어겨서는 안 된다.

"이런 개자식!"

"너 때문에 우리 딸이!"

"천하의 나쁜 새끼!"

"×× 같은 ××새끼!"

태경현의 주민들은 하나같이 욕을 하며 마 장주에게 모래를 뿌렸다.

하지만 마정은 이미 정신이 나간 듯, 모래 세례를 받으면서도 아무 대꾸가 없었다.

그러던 중, 나를 보더니 갑자기 몸을 일으켰다.

"제, 제발 도와…… 허푸!"

나를 향해 뭐라고 말하려다가 입안으로 들어온 모래에 기겁하는 그 모습을 보며 씩 웃었다.

아마 내게 "제발 도와주게!"라고 말하려고 했던 것 같다.

왜 나를 자신의 구명줄로 생각하고 있는 걸까?

조금만 생각해 봐도 나를 만나면서 모든 일이 꼬이기 시작했음을 알 텐데 말이지.

아직도 이 상황이 인과응보라는 것을 자신만 모르는 것 같다.

나는 옆을 돌아보며 말했다.

"기분이 어떠십니까?"

"아주 좋습니다."

내 옆에는 한재익 소협이 서 있었다.

"그래서 결심은 서셨습니까?"

한재익 소협은 고개를 끄덕였다.

"네. 저는 은해상단에 취직하겠습니다."

"환영합니다. 좋은 자리를 마련해 드리겠습니다."

다음 날,

한가무관은 이사 준비로 분주했다.

한재익 소협의 아버지 한수 관주도 어느 정도 부상에서 회복하여 이제 길을 떠날 수 있다고 판단되었기 때문이다.

그때였다.

"사부님!"

한 아이가 무관으로 뛰어 들어왔다.

"떠나지 마세요!"

"윤석아?"

"저희가 잘못했어요! 아버지 어머니가 가지 말라고 해서 오지 않은 것도, 사부님 몰래 수련 땡땡이친 것도……
잘못했어요!"

한수 관주를 붙잡은 건 윤석이라는 아이만이 아니었다.

수많은 아이와 청년들 그리고 그들의 부모들까지 몰려왔다.

"사부님!"

"사부님! 가지 마십시오!"

"한 관주, 자네가 이 마을을 떠나면 우리는 어떻게 하라고 그러나?"

"저희가 관주님께 저지른 죄를 갚을 기회를 주십시오."

그들을 바라보는 한수 관주의 눈시울이 붉어지기 시작하더니, 나를 향해 고개를 돌렸다.

"왜 그러십니까?"

"제가 그동안…… 헛살지 않은 듯해서 말입니다."

"자랑스러워하셔도 됩니다. 그동안 관주님께서 쌓아온 인덕이니까요."

한수 관주는 쓴웃음을 짓더니 내게 말했다.

"죄송합니다. 소단주. 저는 아무래도 이 마을을 떠나지 못할 듯합니다."

나는 그를 보며 미소 지었다.

"잘 생각하셨습니다."

"네?"

"이 태경현의 유일한 무관으로서, 이 마을을 지키셔야지요."

나는 말을 이었다.

"잘 되었네요. 마가장이었던 곳을 어찌 처리해야 할지 고민했는데 말이죠. 앞으로 그곳이 한가무관입니다."

"네에?"

"마침 마당도 무척 넓으니, 무관으로 쓰기 딱 좋겠더군요."

"아……."

한수 관주의 눈이 흔들렸다.

"아울러 이곳의 목화밭들 관리도 잘 부탁드립니다."

"하, 하지만 저는 셈에 어두워서……."

"그건 걱정하지 마십시오. 조만간 저희 상단에서 사람을 보내드리겠습니다. 그리고 안숙 총관도 있지 않습니까? 그의 도움을 받으시면 됩니다."

"네, 그리하겠습니다."

나는 고개를 돌려 한재익 소협에게 물었다.

"그럼, 한 소협은 어찌하시겠습니까?"

"저는……."

나는 그 눈에서 망설임을 읽었다.

부모님만 이곳에 두고 떠나는 것이 망설여지는 거겠지. 그의 가족애를 생각하면 당연한 일이다.

"한 소협도 이곳에 남으십시오. 한 소협이 돕는다면, 그 넓은 목화밭을 관리하는 것이 훨씬 수월할 겁니다."

"그리해도 되겠습니까?"

"물론입니다."

나는 고개를 끄덕였다.

"나중에 한 관주님의 상처가 낫고, 날이 따뜻해지면 은해상단에 방문해 주십시오. 그래도 저희 아버지가 상단 주님이신데 얼굴은 한 번 봐야 할 것 아닙니까?"

"감사합니다!"

나는 웃으며 일꾼들을 향해 말했다.

"마침 잘 되었네요. 저 이삿짐들은 그 장원으로 옮기시면 됩니다."

일꾼들도 이 상황이 기꺼웠는지, 우렁차게 소리쳤다.

"네!"

나는 한 관주와 한 소협을 보며 말했다.

"그럼, 저희는 이만 가 보겠습니다. 앞으로 잘 부탁드리고, 무슨 일이 있으면 제게 서신을 보내십시오."

나는 뒤로 물러났다.

척—!

한 관주와 한 소협이 나에게 포권을 했다.

"저희 한가무관을 도와주신 은혜, 잊지 않겠습니다."

나도 마주 포권해 인사하고는 뒤돌아 장원을 나왔다.

사실, 한 소협 일가가 떠난다는 소문을 퍼트린 것은 내 계획이었다.

한 소협 일가와 마을 사람들 사이가 서먹해진 것은 사실이다.

하지만 서로에게는 이유가 있었고, '마 장주'라는 공통의 적이 있었다.

비 온 뒤에 땅이 굳어진다고, 커다란 시련을 겪은 만큼 서로의 결속은 단단해질 것이다.

또한, 이 마을을 지켜 주는 무관의 존재는 크다.

나 역시 이곳의 목화밭을 관리하기에는 이곳 사람을 쓰는 게 좋으니까.

솔직히 요즘 사업을 확장하면서 사람이 모자란 상황이다. 빨리 좋은 인재들을 확충해야 할 텐데 말이지.

그럼, 이제 나는 집으로……

아니, 황궁으로 가야겠구나.

어차피 황궁에 가려고 했으니 상관없다.

이번 봄이 오기 전에 해야 할 일이 있으니까.

50장. 일 하나 하실래요?

일 하나 하실래요?

하남에서 곧바로 북경으로 가는 길은 솔직히 좋다고 할
수 없다.

관도가 있기는 하지만 강을 건너고 산을 넘어야 하는
여정이니까.

음, 추위도 문제기는 하구나.

하지만 나에게 추위는 별로 문제가 되지 않았다. 그건
다른 무사들 역시 마찬가지다.

팔갑은…… 내가 준 화씨벽을 목에 걸고 있었고.

나는 아버지에게 피치 못할 사정으로 인해 북경에 가게
되었다는 서신을 금령을 통해 보냈다.

이에 아버지는 고모님에게 내가 방문한다는 내용의 전
서구를 보내 놓을 터이니, 조심해서 다녀오라는 답신을
보내셨다.

아울러 내가 데리고 온 은풍대 사 조와 함께 갔다가 돌아오라고 하셨다.

아무래도 내 안전이 신경 쓰이시는 모양이셨다.

"눈이 오지 않아서 다행입니다. 아무래도 눈이 오면 길이 미끄러우니 말입니다."

명부성 조장의 말에 나는 고개를 끄덕였다.

"그렇긴 하죠. 하지만 눈이 안 와도 너무 안 오는 거 같습니다."

"음, 그러고 보니…… 그렇군요. 그래도 큰 눈이 두어 번은 왔어야 했는데……."

내 눈에는 눈이 거의 오지 않는 이 상황이 흉년의 전조로 보였다.

게다가 올해 봄에 일어난 일로 인해…… 농경지가 초토화되었으니까.

우리는 무사히 북경에 도착했다.

"어서 오너라. 별일은 없지?"

"네. 고모님도 안녕하셨습니까?"

"그럼."

고모님은 우리를 슥 보더니 말했다.

"처소를 마련해 놨단다. 추위에 오는데 고생했을 텐데 가서 쉬도록 해라."

"네."

확실히 북쪽으로 올라오면서 더 추워지는 게 느껴졌다.

나나 호위무사들은 괜찮았지만, 은풍대 사 조는 조금 고생을 했으니.

"여기까지 오느라 고생 많으셨습니다."

내 말에 명 조장이 웃으며 말했다.

"고생은요. 이런 추위에 벌벌 떤다면 외총관님께 불벼락을 맞을 겁니다. 하하하."

음, 고 외총관이라면 확실히…….

"들어가서 쉬십시오."

"네."

나와 팔갑, 그리고 호위무사들은 내당 안으로 들어갔다.

식솔이 아닌 이들 중에 내당 안으로 들어갈 수 있는 이들은 시종 및 시녀와 호위무사뿐이었다.

"으, 피곤하네."

"씻으실 준비를 하겠습니다요."

"응. 부탁해."

나는 팔갑의 도움을 받아 깨끗하게 씻고 침상에 누웠다.

.

.

.

내가 눈을 떴을 때는 어느덧 저녁이었다.

피곤했는지 그대로 잠이 든 것 같다.

"기침하셨습니까요?"

"어. 벌써 밤인가?"

"예, 마침 저녁 시간입니다요. 안 그래도 식사하시라고 깨우려 했습니다요."

"역시 나는 시간을 참 잘 맞춘단 말이지."

"네네."

팔갑이 건성으로 내 말을 받고는 나를 재촉했다.

"어서 가셔야 합니다요. 식당에서 기다리고 계십니다요."

"아! 그, 그래?"

나는 뺨을 긁적이며 식당으로 향했다. 모두 자리에 앉아 나를 기다리고 계셨다.

고모부는 일이 바쁘신지 보이지 않았다.

"죄송합니다. 제가 늦었습니다."

"아니다. 많이 피곤했던 모양인데, 괜히 깨웠나 보구나."

"아닙니다. 막 눈이 떠졌습니다."

나는 얼른 식탁 앞에 앉았고, 저녁을 먹기 시작했다.

사실 딱히 허기를 느끼지는 않았는데, 배가 고프긴 했던 모양이다.

한 입 먹자, 갑자기 식욕이 솟는 것을 보니 말이다.

"아, 서호야."

"네. 고모님."

"기쁜 소식을 전할 것이 있단다. 우리 선미의 혼처가 정해졌단다."

선미는 얼마 전 생일이 지나서 막 열여덟 살이 되었다.

그녀를 보니 붉어진 얼굴로 고개를 푹 숙이고 있었다.

“좋은 소식이군요. 상대는 누구입니까?”

“원(元) 이부시랑 댁의 셋째란다.”

다행히 이전 삶과 다르지 않았다.

그때도 선미는 원 이부시랑의 셋째 아들과 혼인했으니까.

분명 이름이⋯⋯.

“한림원 정육품인 시강 직에 있는 분이고, 내 선배이기도 하다.”

선일 형님이 부연 설명했다.

아, 기억났다.

당시 선일 형님과 함께 고모님 댁에 왔다가 선미를 보고 한눈에 반하여 매파를 보냈다지.

이제 곧 북경을 떠나겠네.

그는 일 년 뒤에 지주(知州)로 발령을 받으니까.

지주는 종오품의 관직.

지방관이기에 품계가 올라가더라도 좌천으로 보일 수 있지만, 이는 황제의 시험이자 동시에 관리들에게 현장 경험을 시켜 주기 위함이다.

현장 일도 잘 할 수 있는지, 더 중하게 쓸 수 있는 인물인지를 판단하는 과정.

문제는 이제 곧 흉년이 온다는 거지.

그래도 선미의 부군은 주의 살림을 제법 잘 꾸려나갔고 승진까지 했지만, 삼품 이상의 고관까지는 가지 못했다.

나는 선미에게 덕담을 건넸다.

"축하한다. 너라면 행복하게 잘 살 수 있을 거야."

"감사합니다. 오라버니."

식사를 마치고, 잠시 개인적인 일을 처리한 나는 선일 형님의 처소로 향했다.

잠시 이야기를 하자고 청했기 때문이다.

"형님, 저 왔습니다."

"들어오너라."

나는 형님의 방으로 들어갔다.

이렇게 나만 따로 방으로 불렀다는 건 비밀리에 할 이야기가 있다는 건데?

"앉거라."

"네."

내가 자리에 앉자, 형님이 차를 직접 따라 주었다.

"감사합니다."

그렇게 차를 한 잔 마시면서 이런저런 이야기를 했다. 그냥 아버지와 형님들은 어떻게 지내시는지, 건혁이와 보연이가 얼마나 예쁜지 등등.

잠시 정적이 흘렀고, 선일 형님이 눈을 감았다.

이제 본론을 꺼내시려는 거겠지.

"음, 내가 너를 부른 이유는…… 너도 짐작하고 있겠지만 선미의 혼사 때문이란다."

나는 잠자코 형님의 이야기를 들었다.

"사실, 선미의 시댁에서는 우리 가문에 대해 이런저런

이야기가 나오고 있단다.”

“역시 그렇군요.”

상대는 대대로 관리를 역임한 집안, 그런 집안에서는 상인들을 괄시하는 경우가 많다.

정작 상인들이 없으면 본인들도 곤란해지는데 말이다.

아무튼, 선미가 그 집안과 혼인할 수 있던 건 그 상대가 셋째 아들이었던 덕분이다.

역시 혼인 전부터 이런 이야기가 나오긴 했구나.

“선미가 좋다고 해서 혼인을 결정하긴 했지만, 선미의 오라비 되는 입장으로서는…… 걱정스럽구나.”

“확실히, 이런저런 뒷말들이 나올 테니까요.”

아마 시댁 집안사람들이 알게 모르게 선미를 무시하거나 따돌릴 거다.

자신들과 격이 맞지 않는다면서.

어째서 그리 생각하냐고?

그야 내 지난 삶에서 실제로 그런 일이 있었으니까.

선미는 이에 개의치 않아했지만, 마음이 아프지 않았을 리가 없다.

“그래서 선미의 면을 세울 만한 방법이 없는지 네게 물어보는 것이다.”

선일 형님이 말을 이었다.

“나는 내 그릇을 안다. 나는 글만 읽어서 세상 사리에 밝지 못해 너만큼 기발한 수를 생각해 내지 못한다. 하여 너에게 도움을 구하는 것이다.”

형님은 나에게 포권했다.

"부디 지혜를 빌려다오."

나는 선일 형님을 바라보았다.

그런 형님의 모습이 꽤나 낯설었다.

지난 삶에서는 이 시점에 이미 실의에 빠져 냉소적으로 변해 있을 때였다.

하여 선미의 혼사에도, 그런 선미의 사정에도 차갑게 반응했었다.

하지만…… 진짜 마음까지 차갑지는 않았을 거다.

그저 본인이 처한 상황과 그런 본인을 돕지 않는 세상에 지쳐서 그리 반응했을 터.

지금은 아니다.

이렇게 나에게 고개를 숙이면서까지 선미를 위해 도움을 청하고 있다.

그런데 내가 어찌 싫다고 할까?

"알겠습니다. 좋은 방법을 생각해 보겠습니다."

"고맙다."

그제야 선일 형님은 마음이 놓인 듯 미소를 지었다.

그 미소가 참 따뜻해 보였다.

그나저나 선일 형님도 슬슬 혼인하셔야 하는 나이인데, 생각이 없으신가?

.
.
.

다음 날 아침.

황궁에서 나온 사람과 만났다.

이번에도 역시 금의위의 진영 대협.

요즘 자주 만나네.

"오랜만에 뵙습니다."

"그렇군. 그러고 보니 일전에 나에게 조언을 얻었지. 그게 이번 일 때문이었나 보군."

"맞습니다. 대협의 조언이 큰 도움이 되었습니다."

"내가 도움이 되었다니, 뿌듯하군."

나는 진영 대협과 함께 황궁으로 들어갔고, 곧 황제를 알현할 수 있었다.

"소상, 은서호가 지존이신 황제 폐하를 뵙습니다. 만세 만세 만만세."

"일어나도 좋다."

"성은이 망극하옵니다."

"그래, 이번에도 수고 많았다."

"소상은 그저 황제 폐하의 성은에 보답하고자……."

격식을 차려서 대답하려고 했지만, 황제가 피식 웃으며 내 말을 끊었다.

"솔직히 말해라. 네가 볼 때도 성질났지?"

"……아니라고는 못 하겠습니다."

"그래그래, 내가 봐도 뭐 이런 개잡놈이 있나 싶었으니까."

황제의 거친 말투에 태감이 나서서 만류했다.

"폐하, 체통을 지켜 주시옵소서."

"보는 대신들도 없는데, 뭘 그러는가?"

투덜대던 황제가 나에게 물었다.

"그나저나 그놈, 빈털터리로 만든 거 네 녀석이지?"

역시 황제는 못 속인다.

하지만 여기서 순순히 "제가 그랬습니다!"라고 말하는 것은 하책이지.

"그건 소상이 아닌, 하늘이 그리한 것이옵니다."

"하늘이라……."

황제는 나를 빤히 바라보다가 웃음을 터트렸다.

"하하하, 뭐, 그래. 그렇게 넘어가지. 무림맹도 엿 먹이고 아주 좋군."

역시 거기까지 내다보고 계셨군.

"요즘 무림맹 놈들이 자꾸 황궁에 기어들어 오려는 것 같아서 기분이 좋지 않던 참이었다."

황제의 표정에서는 꽤나 불쾌해하는 것이 느껴졌다.

단순히 황궁에 사람을 심으려는 것치고는 반응이 너무 격한데?

한번 찔러볼까?

"그들이 황제 폐하의 심기를 많이 건드리나 봅니다."

"뭐, 그렇지."

황제는 영 탐탁지 않은 얼굴로 고개를 끄덕였다.

"뭔가 저들이 노리는 게 있는 것 같단 말이지."

"그리 신경 쓰이신다면, 저들을 쓸어버리시는 건 어떠

십니까?"

"나도 그러고 싶지. 하지만."

황제는 한숨을 내쉬었다.

"무림인 중에서는 협객이라 불리는 자들도 많음을 너도 알 것이다. 그들의 존재로 인해 백성들이 도움을 받는 일도 많고."

그건 황제의 말대로다.

약자의 편에 서서 그들을 도와 악인들과 싸우는 이들은 제국 입장에서도 필요한 이들이니까.

"그들이 아직 무림맹을 선으로 여기는 상황에서 놈들을 건드렸다가는 괜히 상황이 복잡해진다."

그 말은, 저들이 무림맹을 선으로 여기지 않게 된다면 상황이 바뀐다는 말이겠군.

"게다가 무림맹의 힘은 결코 약하지 않다. 그들과 싸웠다가는 나 역시 아끼는 이들을 많이 잃을 각오를 해야 한다. 지금 굳이 그러고 싶지는 않아."

황제답지 않게 진솔한 대답이었다.

"아무튼, 그 마정이라는 자는 공개 처형을 하기로 했다. 그만큼 죄질이 나쁘니까. 그의 종질들에게는 노역형을 내릴 것이다. 사실 마정이라는 자에게도 노역형을 내릴까 했는데 못 써먹을 정도로 몸이 엉망이 되어서 말이지."

하긴 엄청나게 고초를 당했으니까.

"다른 악인들에게 경고가 될 것입니다."

"그래, 그건 그렇고 네가 내놓은 의견대로 지방관들에게 교지를 쫙 돌렸다. 제법 효과가 좋더구나."

아, 뇌물 받은 것을 곡식으로 토해 놓으라는 그 제안에 대한 거구나.

역시 황제가 마음에 들어 할 줄 알았지.

내가 다시 감사를 표하며 고개를 숙였고, 황제는 다음 이야기를 꺼냈다.

"그나저나 이번에 눈이 거의 오지 않고 있다."

"맞습니다."

"이게 네가 말한 흉년의 조짐이 아닌가 싶구나."

"……."

"아무튼, 수고했다. 나가 보거라."

황제의 집무실에서 나오자 진영 대협이 보였다.

"알현은 잘 끝냈는가?"

"네."

나를 바래다주기 위함인지 앞에서 기다리고 있었다.

황제의 배려가 느껴졌다.

안 그래도 금의위인 진영 대협의 도움이 필요했는데, 잘됐다.

한참을 걷다가 인적이 드문 곳에 이르렀을 때 말을 꺼냈다.

"대협, 이번에 그 일에 금의위의 활약이 컸다고 들었습니다."

뇌물을 먹은 이들에 대한 정보 수집에 대한 이야기다.

내 말뜻을 알아차린 진영 대협이 고개를 끄덕였다.

"많은 이들이 수고했지."

하지만 그 얼굴이 그리 밝아 보이지는 않았다.

"그런데…… 왜 기뻐 보이지 않으십니까?"

"아, 그래 보였나?"

진영 대협이 쓰게 웃었다.

"사실, 요즘 우리 금의위가 황제 폐하게 많은 도움이 되지 못하고 있는 듯해서 걱정이네."

"왜 그런 생각을 하십니까?"

내 물음에 진영 대협은 한숨을 내쉬었다.

"황제 폐하의 눈이 또 있지 않은가?"

아, 동창을 말씀하시는 거군.

내관들로 이루어진 동창이라는 정보조직이 있었고, 그들은 전역에서 활동하고 있었다.

즉, 이번 일에는 금의위보다는 동창들이 활약했다는 의미겠지.

나에게는 잘된 일이다.

내 제안이 더 잘 먹힐 테니까.

"어쩔 수 없는 일 아니겠습니까? 저들이 황제 폐하의 눈과 귀라면 금의위는 황제 폐하의 손과 발이니까요."

"그렇긴 하네만……."

진영 대협은 말끝을 흐렸다.

아무래도 금의위 소속이니만큼, 동창보다 뛰어나다는

것을 황제에게 증명해 보이고 싶은 거겠지.

"그래서 말인데, 저와 일 하나 하실래요?"

"일?"

"네, 금의위가 진정한 황제 폐하의 손과 발임을 전역에 알릴 수 있는 일이 있습니다."

내 말에 진영 대협은 의심의 눈초리로 나를 보았다. 혹시 불미스러운 일이 아닌가 의심하는 것이다.

쯧쯧, 나를 뭐로 보고…….

그런 일 아닙니다.

나는 진영 대협을 보며 진지하게 물었다.

"혹시 얼음 잘 깨십니까?"

내 말에 진영 대협은 영문을 알 수 없다는 표정을 지었다.

"갑자기 그게 무슨 말인가? 얼음을 잘 깨냐니?"

"이번 일의 핵심이 바로 그것이기 때문입니다. 그래서 말인데 지금 바쁘십니까?"

"한두 시진 정도는 시간이 있긴 하네."

"잘됐군요. 그럼 저와 함께 연준상단으로 가시죠."

잠시 후,

나는 진영 대협과 함께 연준 상단의 마당으로 향했다. 차 한 잔을 마시는 동안 팔갑이 이런저런 준비를 해 두었다.

역시 든든한 팔갑이야.

"음. 이게 뭔가?"

"설명을 돕기 위한 모형입니다."

그건 장강과 그 인근을 묘사한 모형이다. 그리고 장강의 형태로 만들어 놓은 곳에 간밤에 부어 놓은 물로 인해 꽁꽁 얼어 있었다.

나는 말을 이었다.

"제가 이곳저곳을 돌아다니면서 느꼈는데, 확실히 예년에 비해 매우 싸늘합니다."

"음, 그렇긴 하지."

"그래서인지 장강도 벌써 얼어붙더군요."

나는 말을 이었다.

"봄이 되면 황하의 물이 하류에서 범람하는 경우가 종종 있음을 아실 겁니다."

"물론 알고 있네. 상류의 높은 지대에서 얼음이 일시에 녹으면서 아래쪽에서 홍수가 발생하곤 하지."

"그리고 지금까지 장강에서는 그런 일이 없었습니다."

"그야 그곳은 따뜻한 지역을 흐르는 강이니까."

"하지만 올해처럼 추우면 이야기가 달라집니다."

나는 모형을 가리키며 말했다.

"물은 위에서 계속 흐르고, 그런 상황에서 추운 날씨로 인해 물은 계속 얼어붙고…… 결국 상류 쪽에는 이렇게 커다란 얼음 덩어리가 생기게 됩니다."

"……."

"장강은 평소 잘 얼어붙지 않기 때문에 대비가 거의 되어 있지 않습니다. 그런 데다가 장강 상류는 더운 지방이라 봄이 되면 일시에 얼음이 녹아 버릴 겁니다."

나는 주전자를 들며 말했다.

"이게 녹은 물이라고 생각하시면……."

"아니. 내가 직접 녹여 보지."

그리 말한 진영 대협은 손을 뻗었다.

그 중후한 내공으로 인해 열기가 확 느껴졌다. 열화공을 쓰시는 분이셨구나.

상류 쪽 얼음 덩어리들이 삽시간에 녹기 시작했다.

"……."

한 번에 녹아 버린 물은 하류로 흘러가면서 미처 강을 통해 빠져나가지 못하고 넘쳐 하류의 주변으로 퍼지기 시작했다.

"이게, 실제라고 생각하면 어떤 일이 벌어질까요?"

"젠장."

진영 대협이 거칠게 말을 뱉었다.

그렇다.

홍수, 그것도 어마어마한 대홍수다.

실제로 이전 삶에서 재앙이라 할 만한 대홍수가 일어났었다.

우리 상단도 큰 피해를 입었고, 수습하느라 엄청 고생을 했다.

내 소단주 공표식을 한참 뒤로 미룰 만큼 말이지.

그뿐만 아니라 수많은 이들이 어려움을 겪었다. 더욱이

봄은 춘궁기 아닌가.

하여 일부 지역에서는 인육을 먹는 끔찍한 일까지 벌어졌다고 한다.

이를 최대한 막아야 하지 않겠는가.

"하지만 방법이 있습니다."

"무엇인가?"

"미리미리 얼음을 깨 두는 겁니다. 가능하면 얼음을 땅으로 옮겨서 녹이거나 저수지로 옮겨도 좋고요. 그러면 봄에 홍수가 날 가능성을 낮출 수 있습니다."

"그렇겠군. 그래서 나에게 얼음을 잘 깨냐고 물었던 거군."

"문제는, 장강이 이런데 종종 같은 문제로 범람하는 황하는 어떻겠습니까?"

내 말에 진영 대협의 얼굴이 새하얗게 질렸다.

이로 인한 피해 규모가 상상을 초월할 정도라는 것을 깨달은 것이다.

황하는 원래도 주기적으로 범람하는 곳이긴 하지만, 평소보다 훨씬 큰 규모로 범람한 탓에 큰 피해를 입고 말았다.

평년보다 압도적으로 추운 겨울 날씨 탓에 벌어진 참사였다.

그나마 눈이 적게 온 것을 다행이라고 생각해야 하나? 눈까지 쌓였으면 진짜 엄청났을 테니까.

하지만 눈이 오지 않아서 날이 가물었던 것을 생각하면…….

아, 모르겠다.

잠시 생각에 잠겼던 진영 대협이 나를 보며 물었다.

"그런데 자네가 직접 황제 폐하께 말씀드리지 않고 내게 말하는 이유가 뭔가?"

"주목받기 싫기 때문입니다."

"……?"

"이에 대해 제가 직접 황제 폐하께 말씀드린다면, 제가 주목받게 될 가능성이 아주 높습니다."

나는 미소 지으며 말을 이었다.

"제가 좀 심약하여 황궁의 높으신 분들의 주목을 받게 된다면 견디지 못할 겁니다."

"…….."

"하지만 이 일로 금의위가 주목받게 되면 좋은 일 아닙니까?"

"확실히…… 그렇긴 하지."

진영 대협은 고개를 끄덕였다.

내가 진영 대협에게 이렇게 귀띔을 하는 이유는, 이로 인해 내가 주목을 받게 되면 상인으로서 일하지 못하게 될 수도 있기 때문이다.

분명 나를 조정에 앉혀 놓으려고 할 테니까.

하지만 그래서는 안 된다.

내게는 목표가 있으니까.

은해상단을 천하제일상단으로 만들어서 무림맹과 백천상단에 복수하겠다는 목표가.

물론 고위직에 앉아서 복수할 수도 있다.

하지만 그건 의미가 없다.

첫 번째 복수의 상대가 백천상단인 만큼, 상단 대 상단으로 붙어야 정당한 승부라고 생각한다.

나는 백천상단처럼 비겁한 자들은 아니니까.

그리고 이번 일은 돈과 인력이 많이 들어가는 일이다. 게다가 국가적인 일이기도 하지.

그러니 당연히 황제 폐하께서 하셔야 하는 일이다.

나 같은 일개 백성이 할 일이 못 되지. 암.

나는 고개를 숙이며 공손히 말했다.

"그러니 잘 부탁드립니다."

"알겠네. 이 일이 잘 풀린다면 자네 덕분일세."

나는 진영 대협이 내 제안을 거절하지 못할 걸 알고 있었다.

더군다나, 황제의 신임이 줄어드는 것 같다는 생각이 드는 지금이라면 더더욱.

·

·

·

그렇게 홍수에 관해서는 진영 대협에게 맡기고, 새롭게 주어진 일을 고민하기 시작했다.

바로 선미의 혼사에 대한 일.

혼인 전부터 선미의 가문에 대한 말이 나오지만, 그럼에도 혼인을 시킨 건 서로가 서로를 은애하기 때문일 터.

그런 선미에게 남편이 지방관으로 발령받았던 시기는 숨통이 트이는 시기였을 것이다.

원(元) 이부시랑이라…….

이부라면 관리의 임명과 공훈 및 봉작과 인사고과 등을 담당하는 부서다.

전통적으로 육부 중에서도 가장 높게 평가받는 곳.

그래서 그 집안의 콧대가 그리 높은 것인가?

우선 조사부터 해야겠군.

나는 금령을 통해 아버지에게 북경에는 잘 도착했다는 서신과 함께 정보를 요청했다.

정보대의 창설 이후 본가에는 북경의 고관대작들에 대한 정보도 잘 모여 있기 때문이다.

다음 날, 금령이 도착했다.

"꾸이!"

"수고했어."

"꾸이! 꾸!"

금령은 고개를 도리도리 저으며 뒷걸음질을 쳤다.

그래그래, 알았어.

나는 은자를 내밀었고, 그걸 본 금령은 냉큼 은자를 꿀꺽 삼켰다.

그리고 나에게 꼬리를 내밀었다.

나는 금령의 꼬리에서 서신을 풀어 펼쳐 보았다.

우선 첫 번째 서신에는 나에 대한 걱정과 가족들의 안부에 대한 내용이 적혀 있었다.

또 다른 서신에 내가 요청한 정보들이 적혀 있었고, 이를 다 읽고는 빙긋 웃었다.

그렇단 말이지? 마침 잘됐네.

나는 서신을 불태우고는 팔갑을 불렀다.

"팔갑아!"

"네! 부르셨습니까요?"

"나갈 채비 하자. 행화학당에 갈 거야."

.

.

.

"어서 오십시오."

내 얼굴을 알아본 학당의 학당주가 나를 반갑게 맞아주었다.

"자주 찾아뵙지 못하여 송구합니다."

"아닙니다. 공사다망하신 것을 아는데 어찌 그걸 바라겠습니까? 재정 지원이 넉넉한 것만으로도 감사할 따름입니다."

행화학당의 학당주는 내가 초빙한 대학사 중에서 가장 연륜이 깊은 이가 맡고 있었다.

"학당을 둘러보시겠습니까?"

"네."

나는 학당주와 함께 학당을 둘러보았다.

열정적으로 머리를 맞대며 토론하고, 진지한 표정으로 글을 읽고 쓰는 이들을 보니 뭔가 마음이 뿌듯해졌다.

"그러고 보니 올해 과거가 있다고 들었습니다."

"맞습니다. 올해 팔월에 과거가 있기에 다들 더 열심입니다."

"결과가 기대되는군요."

"저 역시 마찬가지입니다."

"그나저나 요즘 합부인께서는 평안하십니까?"

"제 안사람이야 강건합니다."

"제가 합부인께 긴히 부탁드릴 것이 있어서 말입니다."

나는 그에게 자초지종을 설명했다.

"음, 그러니까 소단주의 사촌 동생이 이번에 혼사를 치르는데 그 집안이 원 이부시랑의 집안이라는 거군요. 허허, 그 경이 녀석이 벌써 혼사를 치른다니!"

"잘 아시는 모양입니다."

"그럼요. 그 녀석과는 사실 같은 집안입니다. 촌수가 좀 멀기는 하지만, 조정에 있을 때 밑에 둔 적이 있어서 가깝게 지냈지요."

"아! 그러셨군요."

나는 놀라는 척했지만, 이미 아버지가 보내 주신 서신을 통해 파악하고 있던 정보다.

그래서 겸사겸사 행화학당을 찾은 것이다.

"제 사촌 동생이 아무래도 상인 집안이다 보니 웃어른을 대하는 예절에 대해 어두운 면이 있습니다. 하여 집안에 누를 끼칠까 염려되어 합부인께 교육을 부탁드릴까 합니다."

"그런 거라면 제 안사람도 흔쾌히 받아들일 겁니다. 가르치는 것을 좋아하는 사람이니까요."

이게 바로 내가 생각한 방법이었다.

격을 따진다면 그 격을 따지지 못하도록 입을 막아 놓는 것이다.

학당주는 조정에서 수십 년간 여러 직책을 거쳤고, 예부의 수장인 예부상서까지 역임하셨던 분이다.

즉, 그 부인의 영향력 역시 상당하다는 의미다.

선미가 그분에게 예절 교육을 받는다는 건, 학당주의 부인이 선미의 후견인이 된다는 의미다.

그런 상황에서 선미에 대해 이러쿵저러쿵 하는 건 학당주의 부인에 대한 모욕이 된다.

심지어 같은 집안의 어른이라고도 할 수 있으니, 간이 부은 게 아니라면 입 다물고 있을 수밖에 없지.

"그러고 보니 수를 놓는 건 임 학사의 부인이 뛰어나다고 알고 있습니다."

"그렇습니까?"

"그리고……."

순간 좋은 생각이 하나 더 떠올랐다.

이왕 이렇게 된 거, 학당의 여러 대학사들의 부인에게 교육을 받는다면 효과가 더 좋지 않겠는가.

"그렇다면 이렇게 하면 어떻겠습니까?"

내 생각을 들은 학당주는 흐뭇한 미소를 지으며 고개를 끄덕였다.

"그거 좋은 생각입니다."

며칠 후, 나는 학당주의 서신을 받았다.
학당주의 합부인과 다른 부인들 모두 허락했다는 내용
의 서신이었다.
나는 곧바로 고모님께 향했다.
"어서 오너라. 무슨 일이니?"
"드릴 말씀이 있습니다."
내가 자초지종을 이야기하자, 고모님은 안도의 한숨을
내쉬셨다.
"사실 나도 걱정이 많았단다. 그런데 네가 이리도 선미
를 위해 마음을 써 주니, 고맙구나."
"사실, 선일 형님이 부탁하신 일입니다."
"선일이가 말이냐?"
고모님은 놀라워하셨다.
"네."
나는 고개를 끄덕이며 말을 이었다.
"그리고 선미는 제 사촌 동생이지 않습니까? 그러니 당
연한 겁니다."
"그리 말해 주니 더 고맙구나."

그날 저녁.
저녁 식사 시간에 모든 가족이 모였다. 고모는 나를 보
며 고개를 끄덕였다.

선일 형님 역시 고개를 끄덕였다. 아까 선일 형님이 퇴청하자마자 이에 대해 언질을 해 두었다.

"저, 할 말이 있습니다."

"무엇이냐?"

"선미에 대한 이야기입니다."

나는 행화학당 대학사들의 부인들에게 선미가 교육을 받게 하겠다는 이야기를 했다.

"하여 허락을 받아 났습니다."

고모부는 고개를 끄덕였다.

"원래 권력에는 더 큰 권력으로, 격에는 그보다 더 높은 격으로 맞서야 하는 법이지. 현명한 처사였다."

"과찬이십니다."

"그래, 선미야. 네 생각은 어떠하냐?"

고모부의 물음에 선미가 대답했다.

"소녀, 열심히 배우겠습니다. 하여 양가에 누가 되지 않도록 하겠습니다."

그리 말하는 선미의 눈동자가 반짝였다.

이틀 후.

선미는 학당주의 집으로 향했다.

그곳에서 먹고 자면서 교육을 받기로 했기 때문이다.

솔직히 힘들겠지만, 원하는 것을 얻기 위해서 견뎌야 하는 고난이다.

그 끝에서 선미를 기다리고 있는 열매가 무엇인지 알기

에 가족들은 기꺼이 선미를 학당주의 집으로 보냈다.

　이렇게 선미의 일도 마무리가 됐고, 이제 나는 집으로 가면 되겠군.

　.

　.

　.

　하지만, 나는 집으로 돌아갈 수 없었다.

　"우리와 함께 가세."

　"네?"

　갑작스럽게 나를 찾아온 진영 대협 때문이다.

　이번 일은 황제와 금의위가 알아서 잘 진행할 거라 생각했는데 왜……

　"이번 일에 대해 황제 폐하께 말씀드렸고, 황제 폐하께서는 그 심각성에 대해 우려하셨네. 하여 금의위에게 이번 일을 해결하라 명하셨다네."

　"그러셨군요."

　"그리고 이번 일에 전폭적으로 지원을 해 주시겠다고 하셨네. 하여…… 자네의 도움도 받기로 했네."

　"……."

　"이번 일에 대해 의견을 낸 당사자인 만큼, 일이 어찌 진행되는지 직접 보고 싶어 하는 것 같아서 말이네."

　안 그러셔도 됩니다만.

　알아서 어련히 잘하실 거 아는데요.

　"출발은 내일이네."

"네?"

"그러니 준비하고 내일 아침 황궁 앞에서 보도록 하세."

진영 대협은 바쁜지 그 말만을 남기고 사라져 버렸다.

"어……."

나는 아련하게 손을 내밀어 그를 잡으려 했지만, 이내 손을 거둘 수밖에 없었다.

진영 대협의 뒤에서 황제의 웃는 얼굴이 보이는 건 내 착각일까?

하아, 이왕 이렇게 된 거 어쩔 수 없지.

확실하게 일을 처리할 수 있도록 쪼는 건 내 특기니까 제대로 쪼아 주어야겠다.

.

.

.

다음 날 새벽.

나는 일찌감치 일어났다. 오늘 금의위와 함께 일을 하러 가야 했으니까.

"꾸이!"

살짝 열어 놨던 창문을 통해 금령이 꼬물꼬물 기어 들어왔다.

"아! 빨리 다녀왔네?"

나는 창문을 열고는 금령을 두 손으로 잡아 주었다.

"수고했어."

다탁 위에 올려놓고 은자를 건네자 금령은 그걸 받아 꿀꺽 삼켰다.

나는 그사이 금령의 꼬리에 묶인 서신을 풀었다.

지난밤에 아버지에게 금의위와 일을 하게 되어 당분간 본단에 돌아가지 못한다는 서신을 보냈고, 그 답신이 온 것이다.

아버지의 답신을 읽자 자연스럽게 미소가 나왔다.

일은 잘할 거라 믿고 있고, 그저 날이 추우니 몸 조심 하라는 훈훈한 내용.

"도련님! 기침하셨습니까?"

문 밖에서 팔갑의 목소리가 들렸다.

"응. 일어났어."

.

.

.

우리는 아침을 먹고 고모님 가족들의 배웅을 받으며 연준상단을 나섰다.

다만 이번에 동행했던 은풍대 사 조는 먼저 본단으로 돌아가게 되었다.

아무래도 상단의 규모가 커지면서 은풍대가 할 일도 많아졌기 때문이다. 조만간 인력을 확충할 계획이라고 알고 있는데, 아직은 아니니까.

내가 듣기로 올해 여름에 은풍대뿐만 아니라 일반 직원들도 모집을 시작한다고 했던 것 같은데.

그러면 현풍국에도 인력이 보충되려나?

"제가 볼 때 말입니다요."

그때 팔갑이 말을 꺼냈다.

"세풍각주님이 도련님의 본질을 꿰뚫어 본 것 같습니다요."

"응? 무슨 말이야?"

"전에 그러셨거든요. 네 주인은 바람과 같은 자라서 모시기 힘들 거라고요."

적병철 각주님이 팔갑에게 그런 말을 했다고?

"그래서 네 생각은 어떤데? 나를 모시는 게 힘든 거야?"

"뭐, 할 만합니다요."

"그래?"

나는 팔갑을 보며 물었다.

"그런데 갑자기 그런 말은 왜 하는데?"

"그냥…… 항주로 갔다가 북경에 갔다가 또다시 어디론가 가는 여정이 진짜 바람 같다는 생각이 들어서 그렇습니다요."

"부정할 수는 없네. 하지만 오해하지 마. 이번에는 내 의지가 아니니까."

나는 고개를 돌려 뒤쪽의 호위무사들을 보며 말했다.

"그러니까, 미안하지만 이번에도 수고 좀 해 주세요."

서우 무사가 단호하게 답했다.

"신경 쓰지 않으셔도 됩니다. 저희는 언제나 주군을 충심으로 모실 뿐입니다."

"든든하네요."

곧 우리는 황궁 앞에 다다랐다.

꽤나 대규모의 인원들이 출발 준비를 하느라 분주해 보였는데, 그들 중 하나가 우리에게 다가왔다.

"멈춰라!"

우리가 멈춰서 그와 이야기를 하려는 중에 멀리서 진영 대협이 우리를 보고 손을 흔들었다.

"아! 왔는가?"

이에 우리를 멈춰 세운 자가 진영 무사에게 물었다. 같은 복장을 입고 있는 것을 보니 그 역시 금의위 소속인 듯했다.

"아시는 이들입니까?"

"그래, 이 사람이 바로 은서호 소단주일세."

"아! 그렇습니까?"

그는 얼른 나에게 포권했다.

"실례가 많았소. 금의위의 소운이라고 하오."

"은해상단의 은서호입니다. 뒤는 제 시종과 호위무사들입니다."

내 소개에 내 호위무사들과 팔갑이 각자 자신을 소개했다.

진영 대협이 만족스러운 미소를 지었다.

"늦지 않게 잘 왔군."

"시간 약속은 상인의 필수 덕목입니다."

"하하하. 그런가."

"일정에 대해 듣고 싶습니다."

내 물음에 진영 대협은 일정을 설명해 주었다.

"우리는 일행을 두 패로 나누기로 했네. 한쪽은 황하로 가고, 다른 한쪽은 장강으로 하는 거지. 그리고 자네는 나와 함께 장강으로 가면 되네."

장강이라…….

"그곳에서 얼음을 쪼개어 수레에 싣고 각 고을의 저수지에 얼음을 옮기는 거지."

"저수지로 얼음을 옮기기로 하셨군요?"

"그래. 폐하께서 봄에 가뭄이 심할까 염려되어 물을 비축해 놓는 게 좋을 것 같다고 하시더군."

"하지만 저희만으로 그 얼음을 다 옮기는 것은 무리일 듯합니다만……."

"걱정 말게. 각 성의 표국들의 도움을 받기로 했네."

즉, 표국들에게 동원령을 내렸다는 의미다.

하긴 이런 일에 표국들이 제격이기는 하다.

다들 무공을 익히고 있고 체력도 좋은 편에다가 원래 운송업을 주로 하는 이들이니까.

그리고 표국들 입장에서도 손해가 아니다.

홍수로 인해 피해를 입었던 건 표국 역시 마찬가지였으니까.

그리고 황제가 어느 정도는 챙겨 주시겠지.

"그럼, 함께 가는 이들을 소개해 주겠네."

나와 장강으로 같이 가는 일행은 진영 대협과 소운 대

협, 그리고 다른 금의위 무사 열 명.

황하 쪽으로도 열두 명이 가니 총 스물네 명이 차출된 것이다.

하긴 금의위가 하는 일의 양을 생각하면 최대한으로 차출한 거겠지.

그 외에도 일꾼들을 비롯해 총 이백여 명에 달하는 인원이 한 조로 가게 되었다.

연장이 실리는 것을 보니, 벌빙(伐氷) 하는 이들 역시 동행하는 듯했다.

큰 가문들은 겨울마다 얼음을 채취하여 얼음 창고에 넣어 두었다가 더운 여름에 쓰곤 했다.

당연히 황궁에도 그런 일을 담당하는 이들이 있는데, 그렇게 전문적으로 얼음을 다루는 이들을 빙부(氷夫)라고 불렀다.

하긴, 얼음을 깨는 일에 빙부들이 동원되는 건 당연한 일이지.

아무리 금의위 무사들이 무공을 쓴다고 해도 계속해서 쓸 수는 없으니까.

그러나 추위에 얼음을 다루는 게 쉬울 리는 없다. 참 고생이 많은 작업이다.

따뜻한 술이나 차를 준비해 놔야겠네.

모두 준비를 마치자, 곧바로 출발했다.

목적지인 사천과 귀주의 경계를 흐르는 장강까지는 육

로를 이용해야 했다.

이미 강은 얼어 있었으니까.

.

.

.

출발한 지 이틀째 되는 밤, 우리는 처음으로 노숙을 하게 되었다.

사람들은 불을 피우려고 했지만, 오늘 눈이 조금 온 탓에 나무들이 젖어 있어 불이 제대로 붙지 않았다.

"이거 큰일이군."

진영 대협이 나에게 다가오며 말했고, 나는 무슨 일인지 알면서도 모르는 척 물었다.

"네? 큰일이라니요?"

"불을 피워야 하는데, 불이 제대로 붙지 않는다는군. 날이 너무 추워서 자칫하면 동사자가 나올지도 모르겠네."

나를 보며 눈을 빛내는 것이, 마치 내가 이 상황을 해결해 줄 수 있을 거라 생각하는 것 같았다.

내가 지금의 상황을 해결할 수 있다고 생각한다면……
정답이다.

젖은 장작으로 불을 피워야 하는 상황은 평소 장거리를 이동할 일이 거의 없는 이들에게는 힘든 일이지만, 표국 사람들이나 상인들에게는 일상이다.

당연히 나도 그 방법을 알고 있고, 여러 번 해 봤다.

하지만 조금 의아하긴 했다.

"의외입니다."

"뭐가 말인가?"

"금의위라면 그 업무 특성상 노숙할 일이 많지 않습니까? 그런데……."

"왜 이런 상황에서 불 피우는 법을 모르냐고?"

"네. 많이 돌아다니실 텐데……."

"그 이유는 간단하지. 우리는 업무 특성상 불을 피우면 안 되는 경우가 대부분이네."

"아……."

무슨 뜻인지 알겠군.

외부에서 정보를 수집하거나 상대를 추적하면서 불을 피울 일은 거의 없겠지. 상대방에게 발각될 수 있으니까.

"그랬군요. 제 우문에 답해 주셔서 감사합니다."

"뭘, 거기까지만 대답해도 바로 알아차리다니. 역시 총명하군. 황제 폐하께서 총애하시는 이유가 있어."

하하하.

그 총애가 나쁜 건 아니지만, 살짝 부담스럽긴 합니다.

"그나저나 빨리 불을 피워야 저들이 고생을 덜할 텐데 말이지."

지금 동행하는 이들 중에는 무공을 익히지 않은 이들이 훨씬 많으니까.

하지만 나까지 움직일 필요는 없다. 왜냐하면.

"도련님, 여기 불 앞에 앉아서 불 좀 쬐시는 게 좋겠습니다요."

이미 팔갑이 불을 지폈거든.

팔갑 역시 은해상단에서 잔뼈가 굵은 내 시종이다. 나도 아는 것을 팔갑이 모를 리가 없지.

그리고 보이는 것과 달리 눈썰미도 좋고, 행동도 빠르다.

봐, 벌써 찻물까지 끓이고 있잖아.

"고마워."

나는 모닥불 앞에 앉으며, 멍한 표정의 진영 대협에게 말했다.

"제 시종이 좀 유능해서요."

아무튼, 팔갑이 지핀 모닥불 덕분에 다른 이들도 빠르게 모닥불을 지필 수 있었다.

사실 이전까지는 자세한 사정을 모르는 이들은 우리를 보며 '왜 온 거지?'와 같은 의문에 찬 표정이었다.

그리고 짐짝 취급하는 눈빛으로 보는 이들도 있었고.

하지만 오늘, 그 인식이 완전히 바뀌었다.

.

.

.

보름 정도의 여정 끝에, 우리는 목적지에 도착했다.

"이곳이군."

진영 대협의 말에 나는 고개를 끄덕였다. 우리 앞에는

거대한 얼음산이 있었다.

사실 홍수가 난 이유는 알고 있었지만, 이렇게까지 얼음이 크고 많을 줄은 몰랐다.

이 정도니까 그런 엄청난 대홍수가 난 거군.

"이거, 미리 처리하지 않았다면 큰일 날 뻔했군."

진영 대협의 말에 나는 쓰게 웃으며 대답했다.

"그러게 말입니다."

그는 부하들에게 막사를 세우라고 명했다.

이 일은 하루 이틀 만에 끝날 일이 아니니, 푹 쉴 수 있는 거점을 만들어야 하기 때문이다.

그사이 나와 일행은 모닥불을 지폈다.

그리고 커다란 주전자에 눈을 모아서 담아 끓였다.

추운 날씨에 고생하는 이들을 위해서다.

하지만 이 정도로는 아주 잠깐 몸을 녹일 뿐이다.

"대협, 워낙 날씨가 차니 데운 술 한 잔 정도씩 마시게 하는 것은 어떻습니까?"

"술이라……."

진영 대협은 고개를 끄덕였다.

"그렇지. 추위에는 따뜻한 술만큼 좋은 것도 없지. 사실 저 먼 북방에서 근무할 때 몰래몰래 한 모금씩 마시곤 했다네. 하하하. 추위가 매서울 때는 술 한 모금이 간절한 법이지."

금의위는 보통 군인 출신으로 이뤄진 조직이기에 이런 사정에 대해 잘 아는 듯했다.

"그렇게 하게. 공금으로 술을 구했다가는 대인께 질책을 받을지도 모르지만, 그렇다고 맨정신으로 이 추위를 어찌 견디라 하겠나."

대인이라면, 금의위의 수장인 지휘사를 의미하는 거겠지.

물론 금의위에도 그 계급에 따라 부르는 명칭이 있다. 하지만 그 맡은 직무가 특수하기에 그냥 대협이라고 부르는 편이다.

나 역시 대협이라 부르고.

"그건 걱정하지 마십시오. 제 사비로 준비하겠습니다."

"자네의 사비로 말인가?"

"네."

"그 값이 만만치 않을 터인데?"

그의 말대로 술값은 상당하다.

하지만 나로 인해 저들이 고생하는 것이니 이 정도는 해 주어야겠지.

그리고 마냥 손해만 보는 것도 아니다.

다 생각이 있다.

다음 날, 작업이 시작되었다.

시작은 금의위 무사들이었다. 그들은 내공이 담긴 검을 휘둘렀다.

"하앗─!"

콰과광─!

"핫-!"

콰광-!

그들이 휘두른 검에서 뻗어 나간 기운들이 얼음을 무자비하게 두들겼다.

부서진 얼음이 우르르 쏟아졌다.

열두 명의 금의위 무사 중에 발군은 진영 대협이었다.

몇 번의 칼질만으로 네모반듯한 얼음 조각을 만들었기 때문이다.

나는 안력을 집중하여 그의 검을 보았다.

검에서 열기가 느껴지는 것을 보니, 열화공의 묘리를 이용하여 검을 잘라 내는 듯했다.

과연 황제 폐하께서 그를 중용하는 이유가 있구나.

얼음 잘 깨네.

그때 금의위의 소운 대협이 다가와 말했다.

"표국의 이들이 도착했습니다."

"그런가? 대표로 두 명씩, 이쪽으로 모시게."

"네."

곧 소운 대협은 각 표국의 일원임을 뜻하는 겉옷을 걸친 이들과 함께 다가왔다.

그리고 나는 그들 중에 반가운 얼굴을 볼 수 있었다.

"어?"

"오랜만에 뵙습니다."

사부님이시다.

하지만 지금은 할 일이 있으니, 대화는 나중이다.

진영 대협은 각 표국의 이들에게 이번 일에 대해 설명을 했다.

그 설명이 끝나고 나는 사부님에게 다가갔다.

"여기서 뵐 줄은 몰랐습니다."

"역시 여기에 계셨군요."

"별로 놀라지 않으신 듯합니다."

내 말에 사부님이 고개를 끄덕였다.

"국주님의 기운이 느껴졌으니까요. 하지만 국주님의 기운을 느꼈을 땐 제법 놀랐습니다."

사부님은 말을 이으셨다.

"국주님이 오랫동안 타지에 머무르게 되었다고 은진호 소단주님께 듣긴 했는데…… 왜 이곳에서 금의위 무사들과 함께 계시는 겁니까?"

나는 뺨을 긁적였다.

"그게 말입니다……."

나는 사부님께 자초지종을 이야기했고, 내 이야기에 사부님이 미소를 지으셨다.

어?

하지만 그 미소는 순식간에 사라졌다.

"국주님의 혜안에 감탄이 나오는군요. 국주님의 말대로 저 얼음이 일시에 녹아 버린다면 엄청난 홍수가 일어날 겁니다."

"아무튼, 잘 부탁드립니다. 그리고……."

"가족 분들에게 안부 역시 전해 드리지요."

역시 사부님은 나에 대해 잘 아신다.

* * *

겨울은 산의 제왕이라 자칭하는 녹림에게 참 괴로운 계
절이 아닐 수 없다.

표행이 자주 오가는 곳은 그나마 사정이 나았다.

표국과 안면을 튼 덕분에 '구역을 관리'하고 적지 않은
통행료를 받을 수 있었으니까.

하지만 그렇지 않은 녹림들은 손가락만 빠는 날이 더
많았다.

사천에서 섬서성으로 넘어가는 길목 중 한 곳에 자리
잡은 산채.

이곳 역시 사정이 좋지 않았다.

그런 그들에게 가슴이 두근거릴 만한 소식이 전해졌
다.

"형님들! 지금 엄청나게 큰 물건을 실은 표행단이 오고
있습니다요!"

그 소식에 산채의 모든 이들이 벌떡 일어났다.

오랜만에 배를 채울 수 있다는 기대감 때문인지 힘이
불끈 솟아올랐다.

"털어먹으러 가자!"

"네!"

산채의 녹림들은 곧바로 산을 내달렸고, 적당한 곳에

몸을 숨겼다.

달그락, 달그락.

마차 바퀴가 산길을 이동하는 소리가 들려왔고, 이내 표행단이 모습을 드러냈다.

생각보다 단출한 일행.

그들은 표행단의 구성이 왜 단출한지 의심해 봤어야 했다.

하지만 배고픔과 욕심에 눈이 벌게진 그들의 눈에는 수레에 실린 표물의 크기만 보였을 뿐이다.

'저 정도의 크기라면…… 곡식이다!'

'곡식이 틀림없다!'

곧 표행단이 지척에 다가왔고, 채주가 신호를 보냈다.

삐이익-!

그 소리에 맞춰 녹림들은 일제히 달려들었다.

"히익! 노, 녹림이다!"

"도망쳐라!"

"표물은 포기해라!"

"말과 짐만 챙기면 된다!"

녹림들의 등장에 표행단은 표물을 깔끔하게 포기하고 득달같이 도망쳤다.

평소 표물을 지키고자 필사적으로 싸웠던 모습과는 전혀 다른 모습이었다.

그러나 녹림들은 쉽게 얻은 승리에 의기양양하여 그들이 왜 표물을 쉽게 포기했는지 깊게 생각하지 않았다.

"거, 새끼들! 꽁지 빠지게 도망치는 거 봐라."

"하하하하!"

"표물이 뭔지 구경 좀 해 보자."

"넵!"

채주의 말에 녹림들은 수레에 실린 표물에 씌워 놓은 거적을 벗겼다.

그리고 곧 그들 사이에 참으로 숙연한 침묵이 흘렀다.

"……."

그들 앞에 모습을 드러낸 건…….

"이거 뭐야?"

"어, 얼음 덩어리 같습니다."

"얼음? 그 물을 얼린 얼음?"

"……."

녹림들은 서로 눈치를 보며 슬금슬금 뒤로 물러났다. 딱 봐도 채주가 상당히 열 받았다는 것이 보였기 때문이다.

"혹시, 저 얼음 안에 뭔가 중요한 물건이 있을지도 모르지."

그 말에 녹림들이 반색하며 우르르 다가왔다.

"오! 과연 채주님이십니다."

"일리가 있습니다."

"한번 깨 봐."

"넵!"

채주의 명령에 녹림들은 각자의 무기를 꺼내 얼음을 두

들기기 시작했다.

그렇게 몇 시진이나 지났을까?

단단한 얼음을 두들기고 또 두들긴 끝에 마침내 얼음을 전부 깰 수 있었다.

하지만…… 얼음 안에는 아무것도 없었다.

그저, 처음부터 그냥 커다란 얼음일 뿐이었다.

전역의 녹림들을 미치고 팔짝 뛰게 만든, 얼음의 대이동이었다.

* * *

작업은 순조롭게 진행되었다.

나는 교대로 쉬고 있는 빙부 중 한 명에게 다가가 물었다.

"술맛은 괜찮으십니까?"

"크! 이거 명주네! 명주야!"

"하하하! 저희 은해상단의 술을 명주라고 칭해 주시니 감사할 따름입니다."

진영 대협에게 음주를 허가받은 나는 여웅암 무사와 서우 무사에게 우리 은해상단의 술을 구해 오게 했다.

인근 귀주에도 은해상단 지부가 있었고, 은해상단에서 생산하는 술은 전역으로 보내져 판매하고 있으니 이를 구하는 건 어려운 일이 아니었다.

그래서 지금 빙부들이 마시는 술은 다 우리 은해상단의 술이다.

이게 바로 내 노림수.

술을 마시는 이들의 대부분은 특정 술에 꽂히면 계속해서 그 술을 찾는다.

그러니 이렇게, 우리 은해상단의 술맛에 길들여 놓으면 이들은 은해상단의 술을 즐기는 애주가들이 될 거다.

"오! 참으로 맛이 좋군!"

"입에 쩍쩍 달라붙어서 큰일이군."

게다가 여기에는 금의위의 무사들도 있었으니까.

그때 멀리서 한 무리가 터덜터덜 돌아오는 모습이 보였다.

저들은 엊그제 표물을 가지고 떠났던 이들 같은데?

"저, 가다가 표물을 녹림들에게 뺏겼습니다."

"저런, 다친 사람은 없는가?"

"다행히 없습니다."

"이리 와서 술 한 잔하고 털어 버리게. 얼음이야 많으니까 하하하."

그렇다.

얼음은 많았다. 그것도 무지무지 많았다.

우리는 녹림들이 표물들을 노릴 것을 예상했지만, 별 상관은 없었다.

'녹림들을 데리고 와서 부려먹을까?'

잠시 그런 생각도 해 봤지만, 이내 고개를 저었다.

성정이 거친 놈들이니, 그들을 데려다 써먹는 건 득보다 실이 더 많을 듯하니까.

．
．
．

그렇게 다시 보름의 시간이 지났다.

그동안 우리가 깬 얼음은 상당했고, 그 얼음들은 표국의 도움으로 각지의 저수지나 농지로 옮겨졌다.

처음에 몇 번 얼음을 털렸지만, 소문이 퍼지자 녹림들은 커 보이는 표물은 쳐다보지도 않았다.

그렇게 '상류의 얼음 제거 작전'은 순조롭게 진행되고 있었다.

우리가 얼음을 줄여 가는 사이, 얼음이 어는 속도는 차츰 느려지기 시작했다.

역시 계절은 못 속이네.

이제 삼월 초다.

그때 빙부들의 수장이 진영 대협에게 다가왔다.

"저, 대협. 이제 빙질이 물러지기 시작하는 것을 보니 슬슬 작업을 끝내야 할 듯합니다."

"벌써 그럴 때가 되었나."

"네. 소인의 의견으로는 내일쯤 작업을 마치고 물러나야 할 듯합니다. 자칫하다가 인부들이 물에 빠질 수도 있습니다."

"그럼 큰일이지. 그리하게."

"감사합니다."

그 말은 이제 작업이 끝난다는 의미다.

이제 드디어 집으로 돌아갈 수 있다는 건가?

한재익 소협의 서신을 받고 하남의 태경현에 가서도 제법 오래 머물렀고, 곧바로 북경으로 갔지. 그리고 여기로 왔으니…… 거의 두 달 정도 집에 못 들어가고 있는 셈이다.

아, 가족들 얼굴 보고 싶다.

건혁이랑 보연이가 내 얼굴을 잊어버리는 않았겠지.

나는 진영 대협에게 다가갔다.

"이제 이 대업도 마무리군요."

"그러게 말일세. 덕분에 중원 전역에서 황제 폐하에 대한 칭송이 이어지고 있다더군."

농부들은 농사에 관해서 전문가들이니만큼, 이번 겨울에 눈이 많이 내리지 않은 것에 대해서 걱정이 무척 많았다고 한다.

그런 와중에 얼음이 곳곳의 저수지에 전해졌으니, 가뭄에 대한 걱정을 한결 덜게 되었을 터.

"저는 그저 제 의견을 말했을 뿐입니다. 이 일을 실행하신 이는 황제 폐하와 대협들이십니다."

"하지만 자네의 언질이 없었다면 이 일은 시작되지도 않았네. 그리고 상당한 피해를 입었겠지."

나는 멋쩍게 웃었다.

"감사합니다. 그리고 저는 이 일을 마치고 나면 조용히 빠져서 집으로 갔으면 합니다."

"그게 무슨 소리인가? 자네가 이 일의 일등공신인데.

이번 일에 대해 황제 폐하께서 크게 치하하신다고 하셨네. 그 자리에 응당 자네도 있어야 한다고 생각하네."

"아닙니다. 일전에 말씀드렸다시피 제가 좀 심약하여 그런 자리에 선다면 병이 나고 말 것입니다."

나는 미소 지으며 말을 이었다.

"그리고 그 공은 오롯이 금의위와 수고한 이들에게 돌아가야 합니다."

"자네……."

"그러니 이 소상의 청을 거절하지 말아 주십시오."

나는 포권하며 고개를 조아렸다.

이렇게까지 말했으면 알아듣고 제발 붙잡지 마십시오.

저 얼른 집에 가고 싶단 말입니다.

나는 힐끔 진영 대협을 보았다.

얼마나 감동했는지 눈시울이 붉어져 있었고, 툭 하고 건드리면 눈물이 흘러나올 것 같다.

"하지만 우리도 염치가 있는데……."

"처음부터 저는 황제 폐하의 손과 발이 되어 고생하시는 대협들의 충심이 보답받기를 원하는 마음으로 언질을 드린 것뿐입니다."

"크흑! 자네는 왜 이리도 사람이 좋단 말인가! 알겠네. 염치가 없지만, 자네의 배려를 받아들이겠네."

좋았어!

"소상의 무리한 청을 들어주셔서 감사합니다. 그럼 저는 내일 작업이 마무리되는 것을 확인하자마자 떠나도록 하겠습니다."

"그리하게."

나는 고개를 숙여 감사를 표하고는 빠르게 팔갑과 호위무사들에게 다가갔다.

"왜 이렇게 신나셨습니까요?"

팔갑이 작은 목소리로 물었다.

"그렇게 티 나?"

"다른 이들은 모를 겁니다요."

"짐 싸 놔. 내일 작업이 마무리되자마자 집에 갈 거니까."

"그래서 신나셨구먼요."

그때였다.

"……!"

갑자기 내 온몸을 스치고 지나가는 찌릿한 감각이 느껴졌다.

뭔가 알 수 없는 불길함이…….

"으악! 피, 피해라!"

"얼음이 갈라진다!"

나는 얼른 그 소리가 들리는 곳을 바라보았다. 빙질이 생각보다 많이 물러졌는지 얼음이 인부들의 무게를 버티지 못한 듯했다.

쩌정-!

얼음이 갈라지더니 그 위에 있던 몇몇 인부들이 그대로 물에 빠졌다.

풍덩-!

순식간에 아비규환이 되었다.

"대피하라!"

"흐어어억!"

얼음은 부력에 의해 다시 떠올랐지만, 그 아래에 빠진 이들은 흔적도 없었다.

금의위 무사들도 다급히 얼음쪽으로 달려갔지만, 그들도 당황해서 어찌할 바를 모르고 있었다.

하필 작업이 종료되기 전날 이런 일이!

나는 다급히 진영 대협에게 외쳤다.

"진영 대협! 얼음을 녹여 주십시오!"

"어? 아, 알겠네!"

진영 대협은 내공을 일으켰고, 얼음을 향해 열화공을 발했다.

다른 금의위 무사들도 정신을 차리고 얼음을 두들겨 쪼개기 시작했다.

하지만 이 속도로는…….

"직접 저 안에 들어가서 구해야 할 것 같습니다!"

"그래야 할 것 같군."

하지만 인부들이 얼마나 깊은 곳까지 가라앉았는지 전혀 알 수 없는 상황이다.

그리고 아무리 무공을 익힌 이들이라고 해도 물속에서 오래 버틸 수는 없다.

괜히 수공이라는 게 따로 있는 게 아니다.

물속에서는 움직임이 많이 제한되고, 무공의 사용도 자

유롭지 못하다.

금의위 무사들이라고 해도 자칫하다간 같이 익사할 수 있다.

"……."

그러나 나에게는 물에 빠진 이들을 구할 수 있는 능력이 있다.

물론 내 무공을 되도록 비밀로 해야 하긴 했지만, 그게 눈앞에서 죽어 가는 이들을 못 본 척 할 이유가 될 수는 없다.

그러면 무림맹이나 백천상단과 뭐가 다를까?

그리 생각한 나는 겉옷을 벗고 팔갑에게 말했다.

"물에 빠진 이들이 몸을 담글 수 있도록 따뜻한 목욕물을 준비해 놔!"

"네?"

나는 심호흡을 하고 그대로 물속으로 뛰어들었다.

풍덩-!

내 몸은 물속 깊은 곳까지 잠겼다.

그리고 빙해수절공을 운용하기 시작했다.

왠지 모르게 전에 조사님께 설풍궁의 수공에 대해 심도 있게 배웠던 당시가 떠오르네.

덕분에 나는 빠르게 빙해동화심법으로 몸을 차가운 얼음물에 동화시킬 수 있었다.

조금 더 깊이 들어가자 정신을 잃은 채 이리저리 흔들리고 있는 인부들이 보였다.

어?

그때 금령이 내 소매에서 언제 나왔는지 종횡무진하며 인부들을 내 쪽으로 밀었다.

덕분에 나는 빠르게 그들을 데리고 수면 위로 나올 수 있었다.

푸확!

바깥으로 고개를 내밀자 금의위 무사들이 보였다.

"여기, 받으십시오."

"어, 어어……."

금의위 무사들은 당황하면서도 내가 구해 온 인부들을 받아들었다.

내가 본 물속에 빠진 이들은 모두 일곱 명.

그들을 전부 안전하게 구하기 위해서는 서둘러야 했고, 금령이 많은 도움이 되었다.

기특한 금령이.

이따가 은자 하나 줘야겠군.

혹시나 싶어 나는 진영 대협에게 물었다.

"물에 빠진 이들이 더 있습니까?"

"없네. 일곱 명 모두 구했네!"

그리고 손을 내밀며 말했다.

"이제 올라오게."

"네."

나는 진영 대협의 손을 잡고 올라왔다. 호위무사들과 팔갑이 내게 달려왔다.

"여기 따뜻한 모포입니다요."

"따뜻한 차 한 잔 드십시오."

"감사합니다."

나는 그들의 손에 이끌려 순순히 모닥불 앞에 앉았다.

"걱정하셨습니까?"

"그건 아닙니다."

서우 무사가 담담히 대답했다.

"주군을 겪은 지가 벌써 몇 해인데 이걸로 당황하고 걱정하겠습니까? 하지만……."

그는 고개를 돌려 금의위 무사들을 보며 말했다.

"저들은 그게 아니니까요."

하긴…….

"아, 제가 구한 이들은……."

내 물음에 대답한 자는 진영 대협이었다.

"모두 무사하네. 빨리 구해서 목숨에 지장은 없다네."

진영 대협뿐만 아니라 다른 금의위 무사들이 모두 나에게 다가왔다.

"대체 어쩌자고 그렇게 다짜고짜 물속에 뛰어든 것인가?"

"송구합니다. 하지만 죽어 가는 이들을 그냥 두고 볼 수는 없지 않습니까?"

나는 웃으며 말을 이었다.

"살릴 수 있으면 어떻게든 살려야 하지 않겠습니까?"

"자네는 정말이지……."

진영 대협이 고개를 절레절레 저었다.

"아무튼, 고맙네. 덕분에 오점을 남길 뻔했던 이번 일을 수습할 수 있게 되었어. 진심으로 감사하네."

그는 나에게 고개를 숙였고, 다른 이들 역시 진영 대협을 따라 고개를 숙였다.

아, 쑥스럽네…….

"그런데 수영이 특기인가 보군. 금방금방 인부들을 구해 내는 게 신기했다네."

그 물음에 나는 자연스레 둘러댔다.

"아무래도 태어나고 자란 곳이 강과 멀지 않다 보니, 소싯적부터 수영에는 자신이 있었습니다."

"그렇군."

진영 대협이 말을 이었다.

"일이 이리되었으니, 이제 작업을 끝내야겠군."

"그럼 아까 말씀드린 대로, 저는 슬그머니 사라지도록 하겠습니다."

"정말 그래도 되겠나? 혹시 몰라 한 번 더 물어보는 것이네."

"네. 다만 말도 없이 사라지는 것에 대해 미리 용서를 구합니다."

"……."

나를 바라보는 눈빛이 뭔가 불안한데?

"아까 이미 허락을 구한 일입니다. 이제 와서 되돌리지 않으셨으면 합니다."

"하아…… 알겠네. 자네 뜻대로 하게나."

"감사합니다."

그들이 물러가고, 곧 빙부와 인부들이 나에게 다가와 감사를 표했다.

내 말로 인해 시작된 일인데, 아무 인명 피해도 없어서 다행이었다.

.

.

.

다음 날 새벽.

나는 진영 대협에게 말한 대로 그곳을 떠났다.

"주군, 발걸음이 가벼워 보이십니다."

"하하하! 당연하죠. 집에 가는 거잖아요."

내 말에 서우 무사가 웃었다.

"저도 제 부인이 보고 싶군요."

집에 가서 곧바로 진호 형의 혼인 준비를 해야 하긴 하지만, 그래도 기분은 좋다.

드디어 집에 간다!

51장. 진호 형의 혼인 연회

진호 형의 혼인 연회

"어서 와라."

"오랜만이야! 진호 형!"

집에 도착하자 진호 형이 나를 반갑게 맞아 주었다.

그런데 평소와 달리 말끔한 모습이라 조금 신기하게 느껴졌다.

"뭐야, 형? 평소에는 머리도 잘 빗지 않더니?"

"흠흠, 내가 언제 그랬다고 그러는 거냐?"

시치미 떼긴…….

아마 열 사람에게 물어보면 열 사람 전부 내 말에 동의할걸?

나는 형이 갑자기 외모에 신경 쓰는 이유를 알 것 같았다. 연모의 힘이 이렇게 크구나!

"하 소저는 잘 있지?"

내 물음에 진호 형은 쑥스러운 표정을 지었다.

"물론이지."

다행이다. 하수민 소저는 건강해야 한다.

안 그러면 진호 형은 상심한 채 노총각으로 늙어 갈 테니까.

나는 집무실로 향했다.

"소자, 무사히 다녀왔습니다."

"그래, 무사히 다녀왔다니 다행이구나."

아버지는 고개를 끄덕이며 눈으로 나를 살피셨다. 진짜 무사한 게 맞는지 확인하시는 듯했다.

진짜 멀쩡하다니까요.

제가 어디 가서 다치고 다니는 놈은 아니잖습니까?

"그래, 생각보다 외출이 길어졌구나."

"그래서 가족들 얼굴 보고 싶어서 혼났습니다."

"하하하."

아버지는 가볍게 웃으셨다.

"곽 표두에게 이야기는 전해 들었다. 무슨 일로 그곳에 갔는지도 말이다. 그 생각을 실현시키다니 대단하구나."

아버지의 칭찬에 나는 뺨을 긁적였다.

"많은 이들을 살린 일이다."

"저는 그렇게까지 대인배는 아닙니다. 그저 저희 상단을 위한 일이었습니다."

"하긴, 실제로 장강이 범람한다면 우리 상단 역시 큰

피해를 입게 될 테니까. 그래도 네가 한 일이 수많은 이들을 살릴 일이라는 사실은 변하지 않는다."

나는 머쓱하게 웃었다.

"그래. 피곤할 텐데 이만 가서 쉬도록 해라."

"아버지, 잠시 드릴 말씀이 있습니다."

"무엇이냐?"

"사월에는 진호 형의 혼인을 진행했으면 합니다."

"지난번에 말했던 흉년 때문에 그런 것이냐?"

"네, 맞습니다."

"확실히, 흉년이 심해지면 사람들도 찾아올 여유가 없어질 거고, 금주령까지 내려질 수 있겠지."

역시 아버지의 통찰력은 상당했다. 그러니 이 상단을 여기까지 이끌고 오신 거겠지.

"하 소저의 아버지와 상의해 보도록 하마."

"네."

나는 깜박하고 말하지 않은 것을 떠올렸다.

"그리고 제가 이번에 목화밭을 좀 구매했습니다."

"목화밭을?"

"네. 상점도 세 개 사들였고요."

내 말에 아버지는 허허 웃으셨다.

"참으로 살뜰하게 규모를 늘리는구나. 그런데 상단의 돈을 지출한다는 보고가 없던 것을 보면, 그건 상단 돈이 아닌 네 돈으로 산 것 같은데?"

"맞습니다. 그런데 제가 관리할 시간이 부족해서 상단

에 위탁할까 합니다."

목화밭과 상점에 대해서는 말씀드렸지만, 다른 것들은
말씀드리지 않았다.

그건 내 비밀 주머니였으니까.

아버지와 이런저런 논의를 마치고 내 별당인 문곡당으
로 향했다.

우선 씻고 움직여야 할 것 같았기 때문이다.

팔갑은 미리 따뜻한 목욕물을 준비해 놓았고, 오랜만에
따뜻한 물에 씻을 수 있었다.

의관을 정제한 후, 어른들을 순서대로 찾아뵙고 마지막
으로 정호 형의 별당으로 향했다.

"어서 오세요."

"그동안 평안하셨습니까?"

"그럼요."

형수님이 웃으며 나를 반갑게 맞아 주셨다.

"건혁이와 보연이는요?"

"유모에게 데리고 오라고 할게요. 이제 제법 걷기도 하
고 말도 곧잘 한답니다."

"그렇습니까?"

곧 두 유모가 두 아이를 데리고 왔고, 바닥에 내려놓았
다.

"안녕. 잘 지냈어?"

"어……."

"우……."

그새 건혁이와 보연이가 나를 까먹고 낯설어 하는 건가 싶었다.

하지만 내 기우였다.

두 아이가 까르르 웃으며 나를 향해 도도도 달려왔기 때문이다.

그걸 보며 형수님은 고개를 끄덕이셨다.

"역시 너희들도 잘생긴 건 아는구나."

"하하하."

나는 멋쩍게 웃었다. 옆에서 팔갑이 눈으로 나를 욕하는 것 같은 건 기분 탓이겠지.

.

.

.

며칠이 지났다.

그동안 나는 밀린 일을 처리하느라 분주한 시간을 보냈다.

그리고 아버지와 어머니는 진호 형의 혼인을 준비하기 시작하셨다.

연회의 시작은 멀리 있는 이들에게 초청장을 보내는 것이다.

그래야 손님들도 날짜에 맞추어 출발할 수 있기 때문이다.

.

.

.

그렇게 내가 [상류 얼음 제거 작전]을 마치고 돌아온 지 거의 보름이 지났다.

어느덧 달이 바뀌어 사월 초.

황하와 장강 상류의 얼음들을 제거한 보람이 느껴졌다.

지난 삶에서 홍수가 일어났던 시기에는 나도 모르게 긴장했지만, 역시 무사히 넘어갔다.

일시적으로 수위가 조금 높아지긴 했지만, 범람한 곳은 거의 없었다.

그리고 계절이 봄으로 넘어온 이후로 거의 비가 내리지 않고 있다.

뚜렷한 가뭄의 징조.

그래도 이번에 곳곳으로 보내 둔 얼음들 덕분에 조금은 더 버틸 수 있겠지.

"도련님! 도련님!"

현풍국에서 일을 처리하고 있을 때 팔갑이 다급하게 달려왔다.

"무슨 일이야?"

"빨리 나가 보셔야 할 듯합니다요!"

"응?"

"황궁에서 사람이 왔습니다요!"

황궁에서?

나는 얼른 자리에서 일어나 상단의 마당으로 향했다.

마당에 당당히 서 있는 관리의 모습.

지금까지 찾아온 관리들은 대부분 접빈실에서 나를 맞았다.

이렇게 사람들이 오가는 가운데, 대놓고 나를 기다리고 있다는 건…….

설마?

나는 그에게 다가가 예를 갖춰 인사했다.

"소상을 찾으셨습니까?"

"자네가 은서호 소단주인가?"

"그렇습니다."

"황제 폐하의 성지를 받들게."

그 말에 나는 얼른 의관을 정제하고 그 앞에 무릎을 꿇었다.

관리는 금색 두루마리를 좌악 펼쳤다.

이번에 강 상류의 얼음을 제거하여 대홍수를 막은 일에 기여한 것을 치하하는 내용이었다.

"……하여 은서호 소단주에게 미곡 백 석을 포상으로 내리노라."

왠지 내 귀에는 내가 너의 면을 세워 줬으니 '앞으로도 계속 열심히 일해라.'라는 황제의 말로 들렸다.

아, 내키지는 않는데.

하지만 쌀 백 석은 안 받을 수 없지.

"성은이 망극하옵니다."

관리는 두루마리를 나에게 건넸고, 나는 공손하게 두루마리를 받았다.

내가 자리에서 일어나자, 관리가 표정을 풀며 말했다.

"금의위 대협들에게 이야기를 많이 들었네. 역시 선협미랑이라는 이름이 어울리는 청년이야."

"분에 넘치는 이름입니다."

"사실, 대협들이 황제 폐하께 주청을 올렸다네. 이번 일에 자네 역시 지대한 공을 세웠으니 역시 포상이 있어야 한다고 말이지."

아…….

그냥 꿀꺽하셔도 되는 공인데, 사람이 좋으시네.

아무튼, 그 말은 다른 이들에게도 포상이 있었다는 의미겠지.

"당시 실질적으로 고생한 건 빙부들과 인부들입니다. 그분들에게도 포상이 돌아갔습니까?"

"물론일세. 다들 미곡 다섯 석에서 열 석 정도의 포상을 받았다네."

"다행입니다."

"허허. 이 와중에도 빙부들과 인부들의 포상까지 신경 쓰다니! 정말이지 선협미랑이라는 명호가 아깝지 않네."

"과찬이십니다."

나는 머쓱하게 웃으며 그에게 차라도 한 잔 하시고 가라고 했지만, 그는 해야 할 일이 많다면서 곧바로 돌아갔다.

"후……."

나는 한숨을 내쉬었다.

사람들이 나를 바라보는 시선이 뭔가 뜨거웠다.

살짝 민망했다.

그나저나 이렇게 포상을 내리면서 황제 폐하께서는 얼마나 웃으셨을까?

．

．

．

다음 날, 나는 초대장을 가지고 서가로 향했다.

잡화점 노인에게 초대장을 전달하기 위해서다.

노인은 잡화점 앞에 앉아 봄볕을 쬐고 있다가 나를 보더니 몸을 일으켰다.

"들었다. 어제 황제 폐하께서 네 얼굴에 금칠을 하셨다지."

역시 단도직입적으로 말씀하시는군.

"네. 그랬죠."

"그래서 기분은 어떠냐?"

그 물음에 나는 웃으며 자리에 앉았다.

"아주 좋습니다. 포상으로 쌀을 백 석이나 주셨거든요."

"응? 좋아하는 부분이 좀 다른 듯하다?"

"그야 당연하지요. 저는 상인입니다. 그리고 상인에게는 돈이 곧 명예입니다."

"하긴, 그건 그렇지."

나는 훌훌 웃는 노인에게 초대장을 내밀었다.

"이번에 제 둘째 형이 혼인을 합니다."

"그 진호라는 창 잘 쓰는 녀석 말이냐?"

"네."

"제법 서두르는 듯하구나. 이야기가 오간 지 얼마 되지 않았다고 들은 것 같은데."

"이왕 할 혼인, 미루면 뭐 합니까? 후딱후딱 해치워야죠."

노인은 초대장을 집어 들며 말했다.

"그것도 맞는 말이지. 알겠다. 내 참석하도록 하지."

"감사합니다."

노인은 나를 지그시 보더니, 자리에서 일어났다. 그리고 잡화점 안으로 들어가 길쭉한 상자를 들고 왔다.

"받아라."

"네? 이게 뭡니까?"

"설마 황제 폐하께서 고작 쌀 백 석만 주고 말 거라고 생각했느냐? 그리 쪼잔한 분은 아니다. 네 덕분에 수만 명의 인명을 구했는데 말이지."

"그래도 제가 다 한 건 아닙니다. 저는 그저 서두만 던졌을 뿐이고, 실제로 문장을 완성한 건 다른 이들입니다."

노인이 피식 웃으며 말했다.

"솔직히 말하마. 지금 황제 폐하께서 가장 신경 쓰시는 것이 무엇이라고 생각하느냐?"

"……."

"호시탐탐 자신의 권력을 노리는 승냥이 같은 놈들이다."

아…….

그 말에 전체적인 뭔가가 손에 잡히는 듯했다.

황제의 가장 큰 적은 황제의 권력을 약화시키고, 그 권력을 잡으려는 신하들이다.

그러고 보니 이전 삶에서 홍수와 가뭄으로 고생했던 오년 동안 백성들을 더욱 힘들게 했던 건 고위 관리 및 지방의 관리들이었다.

그 말은 즉, 그만큼 황제의 권력이 약해졌다는 의미.

제아무리 지엄한 권위를 자랑하는 황제라도 돈이 있어야 권력을 쓸 수 있다.

가뭄과 홍수가 이어지면서 지출해야 할 돈은 늘어만 가는데, 들어오는 세금이 적으니 황제의 권위는 약해질 수밖에 없다.

아무튼, 내 제안으로 그런 일을 피할 수 있었기에 황제는 내게 개인적으로 고마움을 표하는 것이다.

그렇다면 거절할 필요가 없지.

"열어 봐도 됩니까?"

노인은 고개를 끄덕였고, 나는 상자를 열어 보았다.

안에는 하얀색의 천이 들어 있었는데, 감긴 양을 보니 대여섯 자 정도 되는 듯했다.

그런데…….

그 천을 손으로 잡자 내 단전의 내공이 움직이기 시작했다.

나는 이런 경우를 알고 있다.

바로 천잠사를 접했을 경우다.

지금 내 양팔에 착용한 완대 안에는 천잠사로 만든 비단이 들어 있으니까.

"그게 뭔지 알겠느냐?"

노인의 입가에 장난스러운 미소가 어렸다.

"정말, 이걸 저에게 주시는 겁니까?"

"그래, 그게 진짜 포상이다."

그런데…… 왜 하필 천잠사로 만든 비단이지?

그런 의문을 가졌다가 이내 이맛살을 찌푸렸다.

젠장, 황제는 내 내공이 음기의 내공임을 이미 알고 계시는구나.

천잠사로 만든 비단은 그 질기기가 쇠보다 더 질겨서 방어구로서 최고로 친다.

하지만 아무나 사용할 수 없었는데, 천잠사는 음기를 머금고 있는 기물이기 때문이다.

내가 지금 착용한 완대처럼 살에 직접 닿지 않도록 가죽을 덧대거나 하면 괜찮지만, 보통은 살에 직접 닿으면 좋지 않다.

열화공을 익힌 자라면 그 위력이 반감되며, 대부분의 무림인은 그 음기를 이기지 못하여 문제가 생긴다.

무림인이 아닌 일반인 역시 그 기운으로 인해 단명할 수도 있다.

하지만 천잠사가 도움이 되는 경우가 있으니, 열화공 계열에 당한 상처라든지 그 내공 자체가 음기인 경우이다.

그나저나 어떻게 알았지?

나는 노인에게 물었다.

"어르신, 혹시 제 내공이 음기의 내공임을 황제 폐하께 말씀드린 겁니까?"

"나는 아니다. 이놈아."

"그럼……."

"네가 빙공을 익혔음을 폐하께서 어찌 아시고 그걸 하사하셨냐고 묻고 싶은 것이냐?"

그 물음에 나는 고개를 끄덕였다.

"그건……."

노인은 잠시 말끝을 흐리다가 씩 웃었다.

"네가 직접 알아 봐라."

"네?"

"내 입으로 그걸 직접 들으려면 제법 비싸다."

"……."

나는 곰곰이 생각해 보다가 한숨을 내쉬었다. 솔직히 걸리는 게 너무 많았다.

진영 대협이 알아차렸을 수도 있고, 내 주변 인물 중에 황제의 사람이 있을 수도 있다.

역시 황제는 만만치 않단 말이지.

"그런데 이 포상에 대가는 없겠죠?"

내 물음에 노인은 곰방대를 들며 말했다.

"대가가 있다고 해서, 네가 안 받겠냐?"

"그건 아니죠."

"솔직히 황궁 비고에 그것 말고도 보물들이 가득한데, 왜 하필 천잠사로 짠 비단을 주었겠느냐?"

"……."

"일찍 죽지 말라는 거다. 그만큼 황제 폐하께서 너를 아끼신다는 의미이고."

그런데 왜 "네놈이 일찍 죽으면 대체할 놈을 찾기 힘드니까 장수해야 내가 편하다."라고 들리는 걸까?

.

.

.

나는 은해상단으로 돌아왔다.

그리고 저녁을 먹은 후 잠시 쉬고 있을 때 팔갑이 나에게 다가왔다.

"저, 도련님. 누가 잠시 만나고 싶어 합니다요."

"?"

방에서 나오자, 뜻밖의 인물들이 마당에 서 있었다.

은풍대 사 조의 배철 무사와 고주상 무사.

내 지난 삶에서, 내 호위무사였던 이들이자…… 나를 배신했던 이들이다.

"무슨 일입니까?"

내 물음에 그들은 그대로 내 앞에 무릎을 꿇었다.

"소단주님께, 죄를 청합니다."

"응?"

그 난데없는 말에 호위무사들과 팔갑이 영문을 모르겠

다는 표정을 지었다.

당황스러운 건 나 역시 마찬가지다.

갑자기 왜?

저들에게 당황한 표정을 보일 수는 없지.

나는 시치미를 떼며 물었다.

"죄를 청한다니요?"

"사실, 저희는…… 은해상단에 심어진 첩자입니다."

팔갑과 호위들은 깜짝 놀란 표정을 지었다.

전혀 예상치 못했다는 듯.

그래, 이해한다.

이전 삶에서는 나도 몰랐거든.

아니, 나뿐만 아니라 고 외총관조차 몰랐었으니.

정말 모두를 감쪽같이 속였다고 할 수 있다.

어찌 보면 그것도 능력은 능력이지.

그렇게 본색을 숨기고 있다가 결정적인 순간에 내 뒤통수를 쳐서 나와 상단을 곤란하게 했었다.

그래서 저들이 첩자라는 것이 밝혀졌을 때, 고 외총관은 나에게 무척이나 미안해했었다.

그의 추천으로 내 호위무사가 되었던 이들이니까.

그리고 그 책임으로 일선에서 물러나기까지 했다.

고 외총관 정도 되는 인물이 일선에서 물러나게 된 건 참 아쉬운 일이었다.

그나저나 저들이 나를 배신했던 건 지금보다 훨씬 뒤의 일이다. 내가 스물여섯 살 때의 일이었으니까.

그때까지 정체를 잘 숨기고 있던 이들인데 왜 갑자기 이렇게 순순히 정체를 밝히는 것일까?

전혀 예상치 못한 일이기에 당황스러웠지만, 이를 내색하지 않고 태연한 표정을 유지했다.

우선 그 저의를 알아내는 것이 중요하니까.

"언제 말하려나 했는데……."

그렇기에 내가 이미 알고 있었음을 먼저 내비쳤다.

그리고 이유를 듣기 위해서는, 좀 흔들어 줄 필요가 있다.

예상대로 저들은 내 말에 화들짝 놀라 말을 더듬었다.

"여, 역시 알고 계셨던 겁니까?"

"대, 대체 언제부터……?"

"생각보다 허술하게 움직였다고 생각하지 않으십니까?"

"……."

아직 모자란가? 조금 더 흔들어 볼까?

"그래서, 진세상단의 방 소단주는 무엇을 제시하던가요?"

"……!"

"……!"

내 말에 저들은 경악했다.

저들은 진세상단, 정확히는 방우 소단주가 심어 놓은 첩자들.

진세상단은 현재 호북성 제일상단으로 꼽히는 곳이다.

우리와 한백건 공자가 소단주로 있는 홍낭상단까지 합쳐서 호북성 삼대상단으로 묶이지만, 아직은 그 격차가 있는 편이다.

물론 얼마 지나지 않아서 역전될 테지만.

문득 지난 삶에서 있었던 일이 떠올랐다.

저들이 내 뒤통수를 치기 전까지만 해도 은해상단과 진세상단은 호북성 제일상단의 자리를 두고 치열하게 경쟁하고 있었다.

당시 흉년으로 인한 경영난을 견디다 못해 결국 호북성제일의 주루가 매물로 나왔다.

그 주루를 손에 넣기 위한 경매가 진행되었고, 은해상단은 경매에서 졌다.

문제는 그 입찰가의 차이가 단돈 은자 열 냥이었다는 것.

주루의 가격을 생각하면 은자 열 냥 차이는 내부 정보가 흘러 나갔다고밖에 볼 수 없었다.

그리고 은자 열 냥은 명백히 우리를 조롱하기 위함이었다.

그럴 의도가 아니었다면 미리 정보를 알고 있었어도 체면상 은자 백 냥은 더 써넣었을 테니까.

그때서야 저 둘이 배신자였음이 밝혀졌다.

진세상단은 그 주루를 얻으며 다시금 우리를 앞서 나가게 되었지만, 저 둘은 그 대가를 받지 못했다.

방우 소단주가 그들을 모른척한 탓에, 고초를 받다가 사망했으니까.

당시의 반응을 보면 방우 소단주가 자신들을 버릴 거라고는 생각하지 못했던 것 같다.

그렇기에 더더욱 저들의 행동이 이해되지 않는 것이다.

아직은 방우 소단주를 철석같이 믿고 있을 텐데 말이지.

"돈인가요? 아니면 높은 자리?"

두 무사가 눈치를 보더니 배철 무사가 먼저 입을 열었다.

"지시한 것을 잘 해내면 진세상단 무력대의 조장 자리를 받기로 했습니다. 그리고 큰 건을 해내면 그에 맞는 금전적인 보상도 받기로 했습니다."

둘 다였구나.

"그랬군요. 그나저나 한참 뒤에나 실토하려나 했는데, 생각보다 빠르군요."

이번에는 고주상 무사가 대답했다.

"진세상단은 가망이 없음을 깨달았기 때문입니다."

가망이 없다니?

아직 잘나가고 있는 상단인데?

내 표정이 느껴졌는지, 고주상 무사가 말을 이었다.

"은해상단은 불과 오 년 만에 백대상단의 말석에서 사십 위가 되었습니다."

그랬지.

"게다가 그 과정 역시 전혀 예상치 못한 것들이었습니다. 저희가 비록 식견은 짧으나 그 정도 정세를 모르지는 않습니다. 이대로라면 천하 오대 상단 안에 드는 것도 시간문제입니다."

"하지만, 진세상단은 아닙니다. 현재 후계자가 된 소단주는 상단을 더 높은 곳으로 이끌 인물이 아닙니다."

진짜 그렇게 생각했다고?

그런데 왜 이전 삶에서는 그런 그를 끝까지 믿은 거지?

일단 이건 잠시 제쳐 두고.

진세상단의 현재 후계자는 둘째 아들인 방우라는 자였는데, 그는 좋은 상인이라고 할 수 없었다.

매우 음흉하고 비열한 인물로서, 수단과 방법을 가리지 않는 성격이었다.

반면, 진세상단주는 나도 인정하는, 인망이 높은 분이다.

그런 분에게서 방우라는 아들이 나왔다는 것이 참 신기할 정도였다.

아무튼, 그 주루를 얻지 못한 탓에 우리 상단의 성장세가 잠시 둔화되기는 했다.

하지만 시간이 조금 걸렸을 뿐, 우리 상단은 결국 진세상단을 넘어섰다.

더불어 방우 소단주에게 당한 만큼 내가 갚아 주었고.

그로 인해서 방우 소단주는 진세상단의 소단주에서 물러나게 되었다.

상인이면 상인답게 정정당당히 경쟁해야지, 그렇게 치졸한 수를 쓰면 그런 꼴이 되는 거다.

"아무튼, 저희는 은해상단에 투항하기로 결정했습니다. 이왕이면 더 큰 배가 더 좋지 않겠습니까?"

하지만 저들은 왜 방우 소단주를 낮게 평가하게 되었는지에 대해 밝히지 않았다.

뭔가 있군.

그나저나 큰 배로 갈아탄다라…….

태경현 마 장주의 집에서 일했던 안숙 총관의 경우는 이해가 되었다.

마 장주에게 시달리던 중이었고, 마 장주는 침몰하기 바로 직전의 배였으니까.

하지만 아직 진세상단은 나름 튼튼한 배이다.

그렇다면 답은 하나뿐이다.

이전 삶과 달라진 것들 때문에 무언가 일이 생긴 거겠지. 그로 인해서 이대로는 죽도 밥도 안 될 것 같다고 생각해서 이렇게 갈아타는 것이겠지.

훗-!

귀엽네.

하지만 저들을 믿어 줄 생각은 없다.

저들의 말대로라면 우리보다 더 큰 세력이 있으면 그곳으로 얼마든지 옮겨갈 수 있다는 의미니까.

충성을 바칠 대상이 사라지거나 그런 것도 아니고, 단지 자기들 일신의 안위를 위해서 배를 갈아탄다는 거다.

한 번 배신하는 것이 어렵지, 두 번 배신하는 건 쉽다.

하지만 내가 의도하지도 않았는데 그물 안으로 들어온 대어를 건져 올리지 않는다면 바보지.

"아무튼, 아버지나 외총관에게 가지 않고 저에게 왔다는 건 기회를 달라는 의미겠군요."

"맞습니다."

"그렇습니다."

그들은 고개를 끄덕였다.

"좋습니다. 그러면 기회를 드리지요."

나는 미소 지었다.

* * *

배철 무사와 고주상 무사는 자신을 향해 미소 짓는 은서호를 보았다.

그 잘생긴 얼굴과 어우러져 치명적일 정도로 매력적인 미소였지만, 그들은 그 미소가 무서웠다.

두 무사는 진세상단을 위해 은해상단에 심어진 이들로서, 그들은 은해상단의 특이사항을 직접 관찰하여 보고하는 것이 임무였다.

하지만 그들의 보고는 그다지 쓸모가 없었다.

주요 인물의 호위무사가 되었어야 뭔가 중요한 일을 보고할 수 있을 텐데, 그저 은풍대의 무사로만 있어서는 비밀스러운 정보를 얻을 수가 없기 때문이다.

즉, 그들이 보고하는 건 뒷북이었을 뿐이다.

점점 그들도 느끼게 되었다.

방우 소단주가 그들이 쓸모없다고 생각하고 있음을.

이러다가는 버려질 거라는 두려움에 떨던 그때, 그들에게 기회가 찾아왔다.

그들이 몸담은 은풍대 사 조가 은서호와 함께 일을 하

게 된 것이다.

이번에야말로 뭔가 보고할 만한 것을 건질 수 있겠다는 생각에 그들은 은서호를 관찰하기 시작했다.

하지만 그는 은밀하게 호위무사들만을 데리고 다녔기에, 자세한 것은 알 수 없었다.

알 수 있는 것은 마정을 몰락시킨 자가 은서호라는 것.

대체 무슨 썼는지 자세히 알 수 없었지만, 정황상 그러했다.

지금 그들이 보고 있는, 그 매력적인 미소를 전면에 내세우며 말이다.

게다가 금의위와 꽤나 친밀해 보였다.

금의위가 어떤 곳인가?

황실 직속으로, 뛰어난 무공과 더불어 권력까지 가진 조직.

그런 상황에서 만약 그들이 방우 소단주가 보낸 첩자라는 사실을 들키게 된다면…….

그들의 미래는 정해져 있었다. 뼈도 못 추릴 것이 확실했다.

하지만 그렇게 말하기에는 자존심이 상하는 건 사실이었다.

"버려지기 전에 우리가 버리자."

"그게 좋겠군."

"우리의 이용 가치를 내세우면…… 매정하게 내치지는

않을 거다."

"나 역시 그렇게 생각한다."

그래서 이렇게 자백하러 온 건데, 이미 그들이 첩자라는 것을 알고 있었다니!

'역시 무서운 사람이다. 진작 털어놓길 잘했군.'

다행히 그들의 생각대로 은서호는 기회를 준다고 말했다.

"……."

그런데 은서호는 더 이상 말을 이어 가지 않고, 그저 가만히 두 무사를 바라볼 뿐이었다.

'왜 아무 말도 없지?'

'어, 어떻게 해야 하지?'

배철 무사와 고주상 무사는 상당한 압박감을 느끼고 있었다.

그저 가만히 바라보기만 할 뿐인데 이런 압박감이라니!

저녁이라 쌀쌀한데도 식은땀이 줄줄 흘렀다.

자신들이 쓸모가 있다는 것을 증명하기를 기다리는 듯했다.

무엇을 말해야 할까?

무엇을 말해야 쓸모 있다고 판단할까?

그때 배철 무사가 선수를 쳤다.

"진세상단의 방우 소단주는 이번 둘째 소단주님의 혼인 연회 때 음식에 배탈이 나게 하는 약을 탈 예정입니다."

"……!"

고주상 무사는 놀란 눈으로 배철 무사를 보았다.

'뭐야? 지금 뒤는 돌아보지 않겠다는 거야?'

갈아타기로 하긴 했지만, 여지는 남겨 둘 생각이었다. 완전히 등을 돌리기로 마음먹은 것은 아니었다.

그런 상황에서 배철 무사가 선수를 치자, 고주상 무사는 그에게 배신감을 느꼈다.

"고주상 무사님."

"아! 네!"

"배철 무사님의 말이 사실인가요?"

이미 엎질러진 물이었기에 그는 한숨을 내쉬며 대답했다.

"……그렇습니다."

"그런데 왜 그걸 말하기를 망설인 겁니까? 이러면 저는 고 무사님을 어떻게 생각해야 할까요?"

고주상 무사는 속으로 투덜거렸다.

'미리 상의 좀 했으면 좋잖아! 젠장! 이러면 나만 나가리인데?'

결국, 고주상 무사 역시 자신이 알고 있는 일급비밀을 털어놓을 수밖에 없었다.

"……사실, 저희 말고도 이곳에 심어진 첩자가 또 있습니다."

* * *

나는 갑자기 뒷목이 당겼다.

아냐…… 방우 이 자식…….

대체 어디까지 가려는 거냐?

솔직히 말해서 배철 무사와 고주상 무사가 진세상단에서 은해상단으로 갈아타려는 이 시도는 생각보다 큰 행운이었다.

방금 알아낸 정보가 아니었다면…….

아, 생각만 해도 아찔하네.

하지만 이 감정을 내보이면 저들이 나를 얕보게 될 터.

"좋습니다. 두 무사님 모두 필요성을 증명하셨습니다."

내가 담담히 말하자, 저들의 표정이 활짝 펴졌다.

"하지만, 그게 사실이라는 건 어떻게 증명하실 생각이십니까?"

내 물음에 배철 무사가 대답했다.

"서가에 흑와(黑蛙)라고 불리는 자가 있습니다. 방우 소단주가 그자에게 배탈을 일으키는 약을 주문해 놨으니, 확인해 보십시오."

나는 고개를 돌려 고주상 무사를 보았다.

"……재경각의 하벽 각원입니다."

"그렇군요. 이에 대해서는 제가 따로 알아보겠습니다. 그러니 제가 부를 때까지 경거망동하지 마십시오. 그저 평소대로 행동하시면 됩니다."

"알겠습니다."

"그럼 가 보세요."

그렇게 두 무사는 힘이 쭉 빠져 허탈한 모습으로 내 별당을 나섰다.

나는 그들이 저 멀리 사라질 때까지 뒷모습을 노려보았고, 방으로 들어가며 팔갑에게 말했다.

"입단속 시켜."

"알겠습니다요!"

그럴 리는 없겠지만, 혹시라도 이 일에 대해 떠벌리지 않도록 내 별당의 하인과 하녀들을 단속하라는 거다.

방으로 들어와 다탁 앞에 앉아 차가운 차를 쭈욱 들이켰다.

그제야 뒷목이 뻐근한 게 좀 가시는 것 같았다.

그러니까 진세상단에서 진호 형의 혼인 연회를 망치려고 한다는 거지?

이전 삶에서는 없던 일이었지만, 이건 당연한 일이다.

그땐 진호 형은 혼인하지 않았으니까.

여기서 생각해 봐야 할 건 진세상단의 방우 소단주가 그런 비열한 수를 쓰는 목적이다.

"괜찮으십니까요?"

팔갑이 방으로 들어와 조심스럽게 물었다.

"괜찮으십니까요?"

"어. 미리 알고 있던 거니까. 그래도 너는 배신하면 안 돼. 네가 배신하면 나는 진짜 상처받을 것 같아."

"왜 그런 말씀을 하십니까요? 만약 제가 배신해야 할 상황이 되면 그냥 스스로 죽고 말겁니다요."

팔갑이 펄쩍 뛰었고, 그런 녀석을 보며 나는 피식 웃고 말았다.

왜냐하면 팔갑은 정말 그럴 녀석이라는 것을 아니까.

"그런데 정말 알고 계셨던 겁니까요? 저들이 첩자라는 것을요?"

그 물음에 나는 고개를 끄덕였다.

"어떻게 아셨습니까요?"

그 이유는 말할 수 없기에 대충 둘러댔다.

"그냥, 어딘가 수상해서 유심히 보고 있었거든."

그때 방에 같이 들어온 서우 무사가 입을 열었다.

"방우 소단주에 대해서라면 제가 좀 압니다. 제가 표두로 일할 때 맺어 놨던 끈들이 거기에 좀 있어서 말입니다."

"무언가 들으신 게 있나 보군요."

"예, 야심차게 추진한 약방이 생각보다 잘 성장하지 않아서 심기가 편치 않다고 합니다."

서우 무사의 말에 나는 방우 소단주가 왜 그런 흉계를 꾸미는지 알 것 같았다.

얼마 전부터 진세상단에서 야심차게 추진했던 새로운 사업이 있으니, 진세약방이다.

아마도 팔인약방의 성공을 보고 배가 아팠던 모양이다. 아니면 팔인약방이 벌어들이는 돈이 탐이 났던지.

현재 약방은 팔인약방 하나뿐이니, 무조건 성공하는 사업으로 보였던 거겠지.

하지만 생각처럼 잘 되지 않았을 거다.

팔인약방은 은해상단에서 공급하는 질 좋은 약재로 약을 만들었기에 종류도 다양하고 가격도 싼 편이다.

그런 상황에서 후발주자로 출발한 진세약방이 택할 수 있는 방법은 크게 두 가지.

팔인약방에서 취급하지 않는 특별한 약들을 팔거나, 팔인약방보다 더 싸게 팔거나.

진세약방이 선택한 방법은 두 번째다.

하지만 안정적이고 전문적인 공급처를 가진 팔인약방보다 싸게 팔기 위해서는 그만큼 질이 떨어지는 약재를 쓸 수밖에 없었다.

그러니 처음에는 싼 맛에 가다가, 약효가 별로여서 자연스럽게 진세약방의 약을 쓰지 않게 된 것이다.

아무튼, 그런 현재 상황에서 진호 형의 혼인 연회 때 음식을 먹고 배탈이 난 사람들이 팔인약방에서 산 약을 먹었음에도 잘 듣지 않을 때 진세약방에서 산 약이 잘 듣는다면.

자연히 진세약방으로 손님들이 몰릴 수밖에 없었다.

이 나쁜 자식.

아무리 그래도 그렇지, 죄 없는 손님들에게 배탈약을 먹이려고 하다니!

방우 소단주가 왜 그렇게 비열한 수를 쓰는지는 알 것 같다.

"서우 무사님."

"네."

"진세상단에서 방우 소단주의 입지가 그렇게 탄탄한 편은 아니죠?"

"예, 제가 알기로는 그를 지지하는 이가 채 반이 되지 않는다고 합니다."

팔갑이 의아한 듯 물었다.

"그건 좀 이상합니다요. 고작 그걸로 어떻게 소단주가 된 것입니까요?"

"협박했거나 돈으로 회유했겠지. 그의 성정이라면 충분히 가능한 일이야."

"저도 동의합니다."

서우 무사가 고개를 끄덕였다.

"그리고 진세상단주께서도 병석에 누워 계시긴 하지만, 마음이 바뀐다면 방우 소단주를 물러나게 할 수 있지."

즉, 소단주가 되었지만 아직 자리가 확고하지 않은 상황이다.

그러니 누구도 반론하지 못할 업적을 세워서 소단주의 자리를 확고하게 하겠다는 거다.

그래, 그건 상관없는데 왜 애꿎은 우리 상단에 피해를 주냐고.

이런 썩을 놈.

그때 가만히 듣고 있던 이필 무사가 의아한 듯 물었다.

"그러면 진세약방에서 배탈이 나는 약을 만들면 되는데, 왜 흑와라는 자에게 따로 그 약을 의뢰하는 걸까요?"

"그건 진세상단주님 때문일 겁니다. 남에게 해를 끼치면서까지 이문을 추구하는 분이 아니니까요."

"아……."

"이 일이 상단주님의 귀에 들어가면 반론하지 못할 업적을 세운다고 해도 방우 소단주의 자리는 위태로워지겠죠. 그리고 장남을 지지하는 이들에게 들켜도 공론화가 될 수 있고요."

"확실히, 방우 소단주의 입장에서는 비밀리에 할 수밖에 없군요."

"그래서, 어떻게 하실 생각이십니까요?"

팔갑의 말에 나는 미소 지으며 대답했다.

"어떻게 하긴, 방우 소단주의 소단주 자리를 날려 버려야지."

.
.
.

다음 날, 나는 오전 일과를 마무리하고 자리에서 일어났다.

"점심시간입니다. 맛있게 드십시오."

"네."

그들끼리 편하게 먹게 하고 나는 별당으로 향했다.

점심을 먹을 겸 확인할 게 있었으니까.

내가 별당에 당도하자마자 진유 무사가 나에게 보고했다.

"주군, 방진 공자에게 답신이 도착했습니다."

"뭐라던가요?"

"수락입니다."

전날 밤, 나는 진유 무사에게 부탁하여 진세상단의 첫째 아들인 방진 공자에게 은밀히 서신을 전했다.

다음 날인 오늘 오후에 만나자는 내용이다.

하지만 다른 이들에게 보이면 곤란하기에 은밀히 남가의 누각으로 오라고 했다.

이를 수락한다면 점심을 먹기 전까지 그의 처소 앞 나무에 붉은색 천을 달아 놓으라고 했다.

거절한다면 하얀색 천을 달아 놓으라고 했고.

아주 억울하게 소단주가 되지 못한 방진 공자다.

그런 상황에서 그에게 '소단주 경쟁에서 유리한 상황을 만들어 주겠다'는 제안을 건넸으니, 거절할 수 없었겠지.

"그럼, 점심 먹고 출발하죠."

"알겠습니다."

우리는 간단하게 점심을 먹은 후, 약속 장소인 남가로 향했다.

고급 상점가들이 자리한 거리.

한참을 걷던 우리는 곧 약속 장소에 도착했다. 남가의 끝에 해당하는 곳에는 작은 누각 하나가 있었다.

그곳이 약속 장소이다.

안으로 들어가자 구석진 곳에서 호위무사와 시종에게

둘러싸인 한 사람이 누각 밖의 풍경을 보고 있었다.

방진 공자다.

그쪽으로 다가가 포권하며 인사했다.

"오랜만에 뵙습니다."

방진 공자 역시 포권하며 인사를 받아 주었다.

"그렇구려."

"그럼 가실까요?"

그는 고개를 끄덕이고는 나를 따라나섰다.

내가 향하는 곳은 서가.

서가와 남가의 길은 이어져 있어서 금방 갈 수 있었다.
비록 좁은 산길이라 불편하기는 하지만.

"그대의 제안을 승낙하기는 했는데, 어디로 가는 것이
오?"

방진 공자의 물음에 내가 대답했다.

"서가로 갑니다."

"그러면 처음부터 서가에서 만나자고…… 아, 서가는
좀 위험하군요."

"맞습니다. 남가보다 더 위험한 곳이 서가입니다. 방우
소단주의 눈이 어디에 있을지 모르는데 저희 둘이 동행
하는 모습을 보일 수는 없지 않습니까?"

"맞는 말이오."

그렇게 우리는 몰래 서가로 향했다.

내가 찾아가는 인물은 바로 흑와.

배철 무사가 말해 준 인물이다.

이전 삶에서도 이곳 호북성에서 제법 이름을 날리던 놈이었다.

그의 전문 분야는 독.

몰래 독을 써야 하는 이들은 은밀히 흑와를 찾아와 거래했다.

당연히 그 독에 당한 이들은 흑와를 찾아 해독제를 얻었고.

하지만 독을 거래한다는 건 엄연히 국법에 어긋나는 일이었을 뿐만 아니라, 그로 인해 피해를 본 이들에게는 원수나 다름없으니 항상 숨어 지낼 수밖에 없었다.

물론 그가 검은 개구리를 닮았다고 해서 흑와라는 이름이 붙긴 했다.

하지만 그보다 숨는 것을 잘한다고 해서 그런 이름이 붙은 것이기도 했다.

우리는 서가를 지나쳐 한쪽 절벽을 벽으로 삼아 판자와 거적때기로 대충 만든 집에 도착했다.

너무 대충 지어서 집이라기보다는 움막에 가까워 보일 정도.

"다 왔습니다."

내 말에 방진 공자가 고개를 갸웃했다.

"그래서 여기에 온 것과 나에게 유리한 상황을 만드는 것이 무슨 관련이 있습니까?"

"저 안에 있는 인물이 판을 유리하게 이끌 인물입니다."

내 말에 방진 공자가 호위무사에게 눈짓했다.

그중 한 명이 움막 안으로 들어갔다가 나오더니, 고개를 저었다.

"아무도 없습니다."

나는 미소 지으며 말했다.

"움막은 눈속임입니다. 진짜는 여깁니다."

나는 내 앞의 바위를 두들겼다.

"네? 그 바위 말입니까? 하지만…… 어떻게 그 안으로 들어갑니까? 입구도 잘 보이지 않는데."

입구라면, 당연히 있다.

움막에 깔린 거적들을 들쳐야 겨우 보이는 작은 개구멍으로 들어가야 할 뿐.

흑와라는 별호로 불릴 정도로 몸집이 왜소한 자였기에 가능했다.

우리가 그가 드나드는 구멍으로 들어간다면 당연히 흙투성이가 될 터.

뭐, 들어가기도 쉽지 않고 말이지.

게다가 그렇게 들어갔다가는 흑와의 독이나 함정에 머리부터 곤죽이 될 터.

하지만 난 그런 위험이나 수고를 감내할 이유가 없다.

"가르세요."

"네."

내 명에 진유 무사는 검을 들었고, 내공을 끌어 올렸다. 이에 방진 공자의 두 호위무사의 안색이 하얗게 질렸다.

진유 무사의 경지를 알아본 거다.

"하앗-!"

선연한 검기가 바위를 가로로 그었다.

그그극-!

이어서 서우 무사가 그 바위를 밀었다.

쿵-!

모두 순식간에 일어난 일.

나는 잘린 바위 단면으로 폴짝 올라갔고, 그 아래를 내려다보았다.

"좋은 곳에 자리 잡고 계시네요."

"헉! 누, 누, 누구?"

바위 뒤쪽에는 제법 넓은 공터가 숨겨져 있었고, 그곳에서 한창 작업 중이던 흑와는 놀라서 뒤로 넘어간 채 나를 보았다.

왜소한 몸집, 검은 얼굴, 개구리 같은 면상.

오랜만에 보네.

이번 삶에서는 처음 보는 것이니 말이다.

십 년 이상 도망자로 살아왔던 자답게 그는 당황을 가라앉히고 품에 손을 넣었다.

그가 연막탄을 던지고 도망치려 했지만.

퍽-!

우당탕!

"으악! 항복! 항복하겠습니다!"

절정무사 앞에서는 소용없었다.

잠시 후 연기가 가라앉았을 때 내 눈에 보이는 모습은 진유 무사와 서우 무사가 두 손이 뒤로 묶인 흑와의 목에 칼을 댄 채 등을 밟고 있는 모습이었다.

절정무사들이니 만큼 시야가 가려져 있어도 눈이 보이는 것과 진배없이 움직일 수 있는 거다.

몇 군데 맞았는지 그새 얼굴 곳곳이 부어올라 있었다.

그래도 독이 아닌, 그냥 연막탄을 썼으니 저 정도에서 그쳤지.

독을 사용했으면 팔 하나는 잘렸을 거다.

나는 느긋하게 미소를 지으며 그에게 다가갔다.

"반갑습니다, 흑와. 제가 누군지 알 터이니 따로 소개는 하지 않겠습니다. 그리고 저쪽도 누군지 아시죠?"

나는 방진 공자를 가리켰고, 그를 본 흑와는 피식 웃었다.

"이곳 호북성의 유명 인사들을 둘이나 보는군."

"그래서, 저곳에서 작업 중인 것들이 이번에 방우 소단주에게 의뢰받은 것입니까?"

내 말에도 그는 뻔뻔하게 대꾸했다.

"그자가 나에게 왜 의뢰를 한단 말인가."

반면, 방진 공자는 고개를 갸웃거렸다.

"우 자식에게 의뢰를 받았다고요?"

나는 고개를 끄덕였고, 흑와에게 다시 물었다.

"그래서 의뢰 내용이 뭡니까?"

"의뢰 같은 거 한 적 없다니까 그러네!"

시치미를 떼는 흑와.

애초에 순순히 실토할 거라 생각하진 않았다.

흑와의 독이 인기가 있는 이유는 효능이 아주 뛰어났을 뿐만 아니라 그 입이 상당히 무거웠기 때문이다.

웬만한 고문으로도 그의 입을 열지 못했다.

내가 그걸 아는 이유는, 이전 삶에서 결국 그가 잡혔기 때문이다.

그가 잡힌 건 지금보다 한 십여 년 뒤의 일이다.

그리고 그가 독을 만들어 건넨 이들의 정보를 캐냈고, 그 와중에 수많은 고문으로 만신창이가 되었음에도 단 한마디도 하지 않았다.

하지만……

뜻밖에도 그에게 약점이 하나 있었다.

그건 바로.

"으아아악! 그, 그게 뭐야! 치, 치워! 얼른 치우라고!"

본인의 얼굴이다.

내가 거울로 그의 얼굴을 비추자, 그는 발작을 일으켰다.

사실 그는 자신의 못생긴 얼굴을 무척이나 싫어했기에 자신의 얼굴을 고쳐 보고자 의원의 아래에서 일을 하면서 약을 만드는 법을 배웠다고 한다.

하지만 무리하게 약을 쓰다가 부작용이 일어나 지금의 흉측한 얼굴이 되어 버린 것.

그래서 자신의 얼굴을 혐오하게 된 것을 넘어 저렇게 공포심까지 느낄 정도가 된 거다.

흑와가 숨어 살게 된 건 목숨을 부지하기 위해서이기도 했지만, 자신의 얼굴을 세상에 드러내고 싶지 않았기 때문이기도 했다.

나름 가슴 아픈 사연이다.

하지만 그건 그거고, 죄는 죄다.

저자가 만든 독 때문에 얼마나 많은 사람이 죽고 피해를 입었는데.

그가 눈을 감으려 했지만, 약물 부작용으로 눈이 감기지 않았다.

고개를 돌리려 했지만 진유 무사가 얼굴을 잡고 있어 불가능했다.

"으아아악!"

나는 잠시 그자가 절규하는 모습을 지켜보다가 제안했다.

"방우 소단주가 의뢰한 것에 대해 말해 주면 거울을 치워 주죠."

"제. 젠장! 말할게! 말한다고!"

거울을 치워 주자, 그는 숨을 헐떡거렸다.

"헉, 헉……. 방우 소단주는, 배탈을 일으키는 약을 만들어 달라고 했어. 그걸로 은진호 소단주의 혼인 때 사람들의 식사에 타서……."

"그래서요?"

"배탈을 일으킨 후 진세약방에서 잘 듣는 약을 팔겠다면서…… 그 해약의 제조법을 알려 달라고 하더군."

"잘 들었습니다."

나는 약속대로 거울을 더 비추지 않고 품에 집어넣었다.

그리고 고개를 돌리자, 방진 공자가 미간을 찌푸린 채 욕설을 내뱉고 있었다.

"방우…… 이 미친 새끼가……."

그는 간신히 분노를 억누르고는 내게 고개를 숙였다.

"제 동생을 대신하여 소단주께 사죄합니다. 정말 죄송합니다."

"그게 뭐 공자의 잘못이겠습니까?"

역시 방진 공자는 진세상단주 못지않게 바른 사람이다. 이런 사람이 소단주가 되어야지.

비록 경쟁 상단의 사람이었지만, 그래도 경쟁이란 정정당당해야 하는 거다.

그래야 경쟁도 즐겁고, 억울하게 휘말리는 사람들도 없는 거다.

"지금 당장 이 일을 아버지에게 알리겠습니다. 그리고……."

"아뇨."

나는 손을 저었다.

"이것만으로는 확실하게 끌어내릴 순 없습니다. 그자라면 다른 사람에게 죄를 뒤집어씌우고 빠져나갈 겁니다."

"확실히…… 그렇습니다."

그만큼 비열하지만, 머리 하나는 잘 돌아가니까.

"진세약방 사업을 위해서 제법 많은 돈을 썼다고 알고 있습니다."

"맞습니다. 제법 크게 투자를 했죠."

"진세상단은 약재에 손을 대고 있는 상단이 아닌 만큼 고생 좀 하셨을 듯합니다만."

"맞습니다. 솔직히 아직도 좀 삐걱거립니다. 그리고 진세상단에서 왜 약방사업을 해야 하는지 저도 좀 회의적이기도 하고요."

"그래서 드리는 말씀입니다만……."

나는 방진 공자를 보며 말을 이었다.

"그냥 배탈나게 하는 약을 쓰라고 하십시오."

"그게 무슨 소리입니까? 배탈 나게 하는 약을 쓰는 것을 막지 않는다니?"

"그래야 확실하게 방우 소단주를 끌어내릴 수 있기 때문입니다."

나는 씩 웃었다.

"그러니 이 일은 제게 맡겨 주시지 않겠습니까?"

"은 소단주, 당신께 이 일을 맡기라고요?"

"네. 어차피 저와 공자의 목적이 같으니까요. 그리고 이런 일에는 나름 자신이 있습니다."

방진 공자 정도 되는 인물이라면 나에 대해 모르지는 않을 거다.

"은 소단주의 명성은 익히 들었습니다만…… 그럼 저는 왜 부른 겁니까?"

"그야 당연히, 이런 사정은 알고 있어야 준비를 하시지 않겠습니까?"

"과연…… 이 일은 은 소단주가 해결할 테니, 저는 우 녀석을 소단주에서 끌어내리고 제가 이어받을 준비를 하 라는 거군요."

나는 고개를 끄덕였다.

"그 말대로입니다. 자칫하다가는 엉뚱한 자가 소단주 가 될 수도 있으니 말입니다."

그에게 배다른 형제가 여럿 있다고 들었으니까.

"그래서는 안 되죠."

그는 각오를 다진 표정으로 내게 포권했다.

"그럼 잘 부탁드리겠습니다. 이 일은 소단주께 맡기고, 저는 준비를 하도록 하겠습니다. 그럼 이만……."

그렇게 그와 그의 일행이 떠나자, 남은 건 우리 일행과 흑와뿐이다.

나는 흑와를 보며 제안했다.

"일 하나 해 주시죠?"

"……."

"제 제안을 거절하시면 평생 거울로 둘러싸인 방에 가 둬 드리겠습니다."

제안을 빙자한 협박.

하지만 이자에게 이런 협박을 하는 것은 전혀 망설여지 지 않았다.

그는 그럴 만한 사람이니까.

처음으로 만든 약이 남의 외모를 망가트리는 약이었던 자다.

아마 자신이 흉측한 모습이 된 것에 대한 분노를 남에게 풀기 위함이었겠지.

나도 못생겨졌으니 너도 못생겨야 한다는 그런 심리 말이다.

이자는 이런 취급을 당해도 싼 인물이다.

게다가 이전 삶에서 우리 가족들도 이자가 만든 약에 당해서 큰일 날 뻔한 적이 있었으니까.

즉, 이번 기회가 아니었더라도 언젠가 잡아서 족쳐야 할 인물 중 하나였다.

"어떻게 하실래요?"

"……."

여전히 입을 열 생각이 없어 보이는 흑와.

내 말이 진짜인지 아닌지 재는 것 같은데?

"대답이 없다니, 할 수 없죠."

"그래서 도련님께서 거울로 가득 찬 방을 만들라고 하셨군요. 이제야 이유를 알았습니다요."

역시, 눈치 빠른 팔갑.

"그 방에다 처넣으면 되는 겁니까?"

"방 한가운데에 있는 기둥에 묶어 놓으면 되겠군요."

그리고 이필 무사와 여응암 무사도 나와 몇 년 같이 지내면서 눈치가 빨라졌다.

"거, 몇 각이나 버티나 내기해도 됩니까?"

"그 방에 걸어 놓은 거울들이 다 최고급이라서 엄청 잘 보이는 거울이라……."

"하겠습니다! 한다고요! 그러니까 제발 그 방에 가두지 말아 주십시오!"

결국 흑와가 깊은 한숨을 내쉬며 항복 선언을 했다.

그는 체념한 얼굴로 물었다.

"제가 뭘 하면 됩니까?"

"별로 어려운 건 없습니다. 방우 소단주에게 가짜 약을 넘기면 됩니다."

"그것만 하면 됩니까?"

"그리고 배탈을 치료하는 해약은 최대한 많이 만들어 놓으라고 하십시오."

"……알겠습니다."

하지만, 나는 흑와의 성정을 안다.

그냥 보내준다면 방우 소단주의 계략을 알아냈음을 그에게 말할 가능성이 크다.

그리고 순순히 내 부탁을 들어주지 않을 가능성도 크고.

왜 그렇게 생각하냐고?

흑와는 세상에 대한 삐뚤어진 반항심으로 똘똘 뭉쳐진 자이기 때문이다.

그리고 본인은 다시 도망가서 숨어 버리면 된다고 생각할 테니까.

그러니까 그런 짓을 하지 못하도록 족쇄를 달아 놓을

생각이다.

"진유 무사님."

"네."

"감시하시다가, 딴 짓 하면 검으로 푹 찔러 버리세요."

"알겠습니다."

"……."

"그러니까 잘 좀 합시다. 네?"

"아, 알겠습니다."

흑와가 울상이 되어 대답했다.

당장이라도 관에 넘기고 싶지만, 아직은 아니다.

.

.

.

며칠 후.

드디어 진호 형의 혼인날이 되었다.

각지에서 방문한 손님들이 며칠 전부터 도착했고, 오늘
은 모두가 도착했다.

이따 진호 형은 하 소저의 집으로 가서, 하 소저를 데
리고 은해상단으로 올 예정이다.

원래 신부의 집에서 혼인예식을 해야 하지만 공간이 협
소하여 그 많은 하객을 받을 수 없었으니까.

그렇다고 창인표국에서 연회를 열기에는 부담스러웠다.

창인표국은 멸문당한 설풍궁의 생존자들이 세운 표국
이었고, 그 정체가 밝혀져서 좋을 게 없기 때문이다.

쨍쨍쨍쨍!

아침부터 요란한 음악 소리가 은해상단에 울려 퍼졌다. 큰 소리로 나쁜 귀신을 쫓기 위함이다.

예상대로 진호 형의 혼인 연회에는 무림인들의 수가 적지 않았다.

고 외총관의 인맥으로 온 이들도 있었지만, 진호 형이 참호창웅이라는 명호를 얻으면서 친분을 나눈 이들이 제법 된다고 했다.

그들 모두 혼인 연회에 참석한 것이다.

손님들은 차려진 음식을 먹고 마시며 연회를 즐겼다.

흑와는 내 제안을 충실하게 이행했다.

사실, 내 예상대로 처음에는 도주를 시도했다.

하지만, 진유 무사가 던진 비수에 허벅지를 찔린 후 도주를 포기했다고 한다.

그리고 진유 무사가 몇 마디를 했다는데, 대체 뭐라고 했기에 도주를 포기하게 된 건지 궁금하네.

어쨌든 내 제안을 이행했다는 것이 중요했다.

그때 아버지와 대화를 나누고 있는 방우 소단주의 모습이 보였다.

와병 중인 진세상단주를 대신하여 온 거구나.

겉으로는 아주 정중하고 예의 바른 모습이었는데, 그 본색을 알기에 기가 찰 뿐이다.

그래, 열심히 가식을 떨도록 해.

이제 곧 너는 끝이니까.

* * *

　은해상단의 은길상 상단주와 인사를 나눈 방우는 연회장 안에 가득한 손님들을 보며 미소를 지었다.

　'흑와의 말대로 해약을 잔뜩 만들어 놓은 보람이 있군.'

　저들이 모두 진세약방으로 몰려가 약을 구매한다면, 그 이익은 헤아리기 어려울 정도로 많을 터.

　게다가 아직은 불안한 자신의 소단주 자리가 확고해질 터였다.

　그때, 은풍대의 무사 옷을 입은 이들 중에 낯익은 얼굴을 발견했다.

　배철 무사와 고주상 무사다.

　그들은 자신이 직접 첩자로 집어넣은 이들이었으니까. 그리고 이번에 음식에 배탈을 일으키는 약을 쓰는 것을 직접 실행한 이들이기도 했다.

　'쓸모없는 정보만 물어 오는데, 그거라도 해야 내가 저들을 첩자로 넣은 보람이 있지.'

　배철 무사와 고주상 무사가 생각보다 쓸모없는 정보를 물어 오는 것에 짜증이 난 그는 결국 한 명의 첩자를 더 넣었다.

　그것도 은해상단의 여러 각 중 가장 중요한 재경각에.

　'아직은 견습이지만, 차후 정식 각원이 되어 승진을 해 나간다면 쓸 만한 정보를 물어다 주겠지.'

그렇게 은해상단에 한 방 먹일 생각을 하자, 저도 모르게 웃음이 나왔다.

'이게 바로 일석이조지.'

진세약방을 성공시켜서 소단주 자리를 확고히 하고, 은해상단의 기세까지 꺾는다면 더할 나위가 없다.

호북성 제일상단인 진세상단을 물려받을 꿈에 젖어있는 그에게 있어 급성장하고 있는 은해상단은 눈엣가시였으니까.

그런데…… 뭔가 이상했다.

이제 슬슬 배탈을 일으킬 시간이 되었지만, 그 누구도 그런 기색을 보이지 않았기 때문이다.

'이게 어떻게 된 일이지? 분명 이맘때쯤이면 배달이 난다고…….'

하지만 은진호가 신부를 데리고 올 때까지도, 아니 밤이 되어 혼례가 진행될 때까지도 사람들에게서는 배탈과 같은 증세가 전혀 보이지 않았다.

그의 안색은 매우 창백해졌다.

지금 진세약방에 쌓여 있는 해약을 만들기 위해 제법 많은 돈을 투자했다.

자신을 부각시키기 위해 사비를 털어서 해약을 만들어 놨는데…….

특히, 싸게 많이 만들기 위해 유통기한이 짧은 해약을 만들었기에 오늘 배탈이 나지 않으면 모두 버려야 한다.

'내, 내 돈…….'

막대한 사비를 허공에 날렸다는 것을 깨닫고는 그 자리에 주저앉고 말았다.

* * *

나는 창백한 안색으로 주변의 부축을 받고 있는 방우 소단주를 보며 흐뭇하게 웃었다.

훗!

우리 은해상단을 건드리면 아주 ×된다는 거지. 그러니까 왜 건드려?

그것도 은해상단에 손님으로 온 이들을 건드리려 하다니.

방우 소단주는 분명 은해상단의 평판을 떨어트리려고 이런 계략을 꾸몄을 거다.

내가 여기까지 평판을 끌어 올리기 위해서 얼마나 고생했는데, 그걸 놔둘 수는 없지.

흥겹게 연회를 즐기는 이들과 달리 방우 소단주의 얼굴은 아주 죽을상이었다.

누가 보면, 원래 하 소저를 연모했다가 진호 형에게 뺏긴 비련의 주인공이라고 생각하겠네.

내가 저번에 방진 공자에게 자세하게 알려 주지 않은 건 사실 방진 공자의 능력을 짐작해 보기 위함이었다.

물론 이전 삶에서도 한 번 겪어 봤기에 방진 공자의 능력에 대해서는 어느 정도 알고 있다.

하지만 지금 이 시점의 능력에 대해서는 모른다. 방진 공자가 소단주가 된 건 한참 뒤였으니까.

그리고 당시의 능력이 상단 사람들의 능력인지 그 개인의 능력인지, 이번 기회를 통해 알아보기 위함도 있다.

우리 은해상단이 호북 제일상단이 되기 위해서는 결국 진세상단을 넘어서야 하니까.

그런 생각을 하며 진호 형을 바라보았다.

혼례복을 입은 진호 형은 아주 싱글벙글이다.

신났네. 진호 형.

그리고 신부인 하 소저 역시 진호 형을 바라보며 미소 짓고 있었다.

잘 어울리는 한 쌍이다.

"저자가 그 참호창웅인가?"

"거참! 훤칠한 청년이구만!"

"은해상단주가 참 기쁘겠어."

주변에서 들려오는 소리에 나는 뿌듯함을 느꼈다.

진호 형을 위해서 영약 천향로주를 주고 영물 혈조호를 베어 연극을 한 보람이 느껴졌기 때문이다.

사람이라면 누구나 체면을 신경 쓰지만, 특히 체면을 많이 따지는 이들이 바로 무림인이다.

하여 자신의 명호를 알리기 위해 악행을 저지르든 선행을 하든 하는 것이다.

무림에서는 개인의 무공 실력이 가장 중요하지만, 그만한 실적이나 명성도 그 못지않게 중요하다.

음?

그때 갑자기 느껴지는, 익숙하면서도 뭔가 다른 기운.

이건…… 전에 북해빙궁의 객잔에서 북해빙궁의 제자들을 만났을 때 느꼈던 기운인데?

그 기운이 느껴진 쪽으로 고개를 돌리자, 백색의 무복을 입고 죽립을 쓴 인물이 보였다.

운 좋게 마침 그 사람은 죽립을 살짝 들었고, 덕분에 여인임을 알 수 있었다.

그녀는 애틋한 표정으로 하 소저를 바라보고 있었다.

웬만한 감정으로는 절대 그런 표정이 나올 수가 없는데…….

"……!"

뭔가가 내 뇌리를 스치고 지나갔다.

설마?

하 소저의 어머니가?

음기의 무공을 지닌 남녀 사이에서 태어난 아이가 삼음절맥일 가능성은 낮았다.

하지만 한쪽만 음기의 무공을 지녔을 때와 비교하면 확률이 더 높긴 했다.

그러고 보니 하 소저의 어머니가 돌아가셨다는 말은 들은 적이 없었는데…….

이제야 이유를 알 것 같았다.

행복한 딸의 모습에 그녀 역시 행복한 미소를 띠었다. 그리고, 조용히 사라졌다.

북해빙궁의 무공은 강력하다.

하여 본인으로 인해 자녀가 어떠한 일에 휘말리지 않게 하기 위해서라도 일부러 거리를 둔다는 말을 언젠가 들었던 것 같다.

하지만 천륜이라는 것이 그리 쉽게 끊어지는 건 아니다. 심지어 짐승들도 자기 새끼 귀한 줄 안다.

물론 일부 짐승만도 못한 이들도 있긴 하지만.

어머니로서 딸아이의 혼례를 보고 싶다는 마음으로 이 먼 곳까지 찾아온 거다.

그리고 딸의 남편이 될 자의 얼굴도 궁금했을 터.

하 표두가 서신을 보냈겠지.

나는 진호 형을 보며 귀밑을 긁적였다.

아, 진호 형.

하 소저에게 잘해야겠네.

안 그러면 무서운 장모님에게 혼날 수도 있겠어.

.

.

.

혼례가 끝났다.

그리고 막 생겨난 새로운 한 쌍의 부부를 위하여 사람들은 선물을 주고 덕담을 했다.

그때 내 귓가에 서우 무사의 전음이 들렸다.

– 지금 방 소단주가 두 무사를 만나고 있습니다.

호오, 그렇다면 가 봐야지.

- 어딥니까?

* * *

방우는 연회장에서 조금 떨어진 구석진 곳에 있었다.
그 앞에는 배철 무사와 고주상 무사가 있었다.
"대체 어찌 된 일이냐?"
"무엇 때문에 그러십니까?"
"음식에 약을 탔다고 하지 않았느냐?"
"네. 저희는 시키시는 대로 했습니다."
"그런데 왜 반응이 없는 것이냐?"
그 말에 두 무사는 억울하다는 표정으로 답했다.
"그건 저희도 모르는 일입니다."
"약이 잘못된 것 아닙니까?"
"젠장!"
방우는 신경질을 내며 그들에게 호통을 쳤다.
"지금까지 네놈들에게 들인 돈이 얼마인데! 제대로 된
성과를 내란 말이다! 하등 쓸모없는 놈들! 지렁이가 네놈
들보다 더 쓸모가 있겠구나!"
그 모멸감에 두 무사는 이를 꽉 깨물었다. 지금까지 방
우가 그들을 질책하긴 했어도 이렇게까지 심하게 질책한
적은 처음이었다.
그래서인지 자신도 모르게 반발심이 들기 시작했다.
그래도 아직 대놓고 반발할 수는 없어서 꾹 참고 있을 때.

"무슨 일이십니까?"

"······!"

그때 갑자기 들려온 목소리에 방우는 흠칫했다.

낭랑한 목소리가 들린 곳으로 고개를 돌리자, 무척 잘생긴 청년이 보였다.

방우는 자신도 모르게 긴장했다.

'설마······ 들켰나?'

*　*　*

은서호는 부드러운 미소를 지으며 말했다.

"언성이 높아지시는 것 같아서, 무슨 일인가 싶어 왔습니다."

방우는 속으로 안도의 한숨을 내쉬었다.

다행히 자신과 무사들의 관계를 눈치챈 것은 아닌 듯했다.

그래서 태연하게 둘러댔다.

"이 무사들에게 잠시 훈계하던 참이었소."

"그러셨군요. 저희 무사들이 무슨 실수라도?"

"험험, 별것 아니었소이다."

"그래도 무슨 일인지 알려 주셔야 차후에 이런 실수가 없도록 하지 않겠습니까?"

방우는 잠시 고민하다가 입꼬리를 올리며 말했다.

"이자들이 나에 대한 험담을 하더군요."

"그랬습니까? 이거 죄송합니다."

"내 적당히 타일렀으니 되었소."

"정말 죄송하게 되었습니다."

"그럼 난 이만 가 보겠소. 무사들 관리 똑바로 하시오.
험험."

방우는 헛기침을 하며 자리를 떴다.

그래도 한바탕 퍼붓고 나니 조금은 분노가 가라앉는 듯
했다.

'저자가 나에게 고개를 숙이는 것을 보니 기분이 좀 좋
아지는군. 흐흐흐.'

그리고 '자신의 험담을 했다'는 그 말로 인해 저 두 무
사는 상당히 혼이 날 터.

은서호의 성정은 평소에는 부드러웠으나, 아닌 것에 대
해서는 매우 칼 같고 엄중하다고 들었으니까.

두 무사는 쩔쩔매면서 은서호에게 혼이 날 터.

'나 대신 은 소단주가 저 두 놈을 혼내주면, 내가 괜히
기운을 빼지 않아도 되니 좋은 거지. 흐흐흐.'

하지만 곧 푹 하고 한숨이 나왔다.

이번 계획이 완전히 실패했고, 상당한 돈을 날렸다는
것을 다시금 깨달은 것이다.

'흑와! 이 쳐 죽일 새끼! 애초부터 그런 출신이 어딘지
도 모르는 천한 놈을 믿어서는 안 되는 일이었어.'

이 일을 어찌 수습해야 할지 암담했지만, 일단 해야 할
일이 있었다.

"가서, 흑와 그 새끼…… 죽여 버려."

"알겠습니다."

$$* \quad * \quad *$$

나는 방우 소단주의 뒷모습을 보면서 웃음이 터져 나오려는 것을 참았다.

이 두 무사가 자신의 험담을 했다고? 둘러대는 것도 말이 되는 소리를 해야지.

아무래도 내가 대신 혼내주기를 바라고 그런 거짓말을 한 것 같은데…….

내가 그렇게 멍청한 놈으로 보이나?

그가 보이지 않을 때까지 기다렸다가 배철 무사와 고주상 무사에게 물었다.

"저자는 두 분을 왜 부른 겁니까?"

"그게…… 왜 사람들이 배탈을 일으키지 않는지 저희를 추궁하던 중이었습니다."

"그랬군요."

배탈? 당연히 안 나지.

약이 가짜인데 배탈이 나겠어?

그때 고주상 무사가 슬그머니 물었다.

"저, 그런데 왜 아까 저희를 위해서 고개를 숙이신 겁니까?"

"저희 은해상단 소속의 무사가 잘못했다고 하니, 은해상단의 소단주로서 고개를 숙이는 것이 당연한 일 아닙니까?"

"……."

당연하다는 듯이 말하는 내 말에 그들의 안색이 굳었다.

"저뿐만 아니라 아버지와 형님들도 저와 같이 행동하셨을 겁니다."

"하지만 저희는……."

"그래도, 표면상 저희 은해상단 은풍대에 속한 무사들이지 않습니까?"

내 말에 저들은 감동한 표정이었다.

이게 그리 감동할 일인가?

"그나저나 잘해 주셨습니다. 앞으로도 이렇게 협조해 주신다면 원하시는 대로 계속해서 은풍대에 남을 수 있게 해 드리죠."

"충성을 다하겠습니다."

"믿어 주십시오."

나는 고개를 끄덕이고는 자리를 떴다.

그나저나 아까 방우 소단주가 그 수하에게 "가서, 흑와 그 새끼…… 죽여 버려."라고 한 것 같은데?

절정무사의 청력은 일반인보다 월등히 뛰어나다.

나에게서 충분히 떨어졌다고 생각하고 말했겠지만, 다 들었다.

— 서우 무사님도 방우 소단주의 말, 들으셨죠?

— 네. 아주 잘 들었습니다.

— 진유 무사님과 같이 그들을 제압하세요.

— 알겠습니다.

─ 그리고 여응암 무사님, 방진 공자에게 제 말을 전해
주세요.

* * *

방우는 서둘러 진세약방으로 향했다.

상황을 파악하고 이에 대한 대책을 세워야 했기 때문이다.

머릿속에는 이번 일로 인해 허공에 날린 금액이 얼마인
지 따지고 있었다.

그 금액을 계산하면서 그의 얼굴은 점점 창백해지고 있
었다.

곧 그는 진세약방에 도착했다.

늦은 밤에도 불이 환하게 켜 있었지만, 손님들은 거의
보이지 않았다.

"아! 오셨습니까?"

진세약방의 점주가 그에게 고개를 숙였다.

"그런데…… 이번에 대량으로 만들라고 하신 저 약들
은 오늘 중으로 쓰지 않으면 다 폐기해야 합니다. 언제쯤
저 약들을 쓸 수 있습니까?"

"그 약들…… 못 쓰게 되었습니다."

"네?"

그는 이를 악물며 말했다.

"그러니 폐기하세요."

"알겠습니다만…… 그렇게 되면 현재, 약방의 약재 대

금을 치를 수가 없습니다."

"……."

"그리고…… 알고 계시겠지만, 내일이 월봉이 나가는 날입니다."

"……."

"그리고 본단에서, 내일모레 약방의 손익보고서를 제출하라고……."

방우는 약방 점주의 입을 주먹으로 갈겨 버리고 싶다는 생각이 들었다.

물론 본단에 사정을 설명하고 자금을 더 지원받을 수는 있다.

하지만 이 약방 사업은 그의 자존심.

아직 불안한 그의 소단주 자리를 단단하게 만들어 줄 주춧돌이다.

그런데 그 주춧돌이 부실하다고 생각된다면 주춧돌을 빼낼 것이다.

그럼 당연히 주춧돌 위에 서 있던 기둥인 자신은…….

'그건 안 되지.'

결국 그가 쓸 수 있는 방법은 정해져 있었다. 자신의 사비를 탈탈 털어서…….

피눈물이 났다.

곧 진세약방의 마당에 모닥불이 피워졌다.

타탁, 타다닥.

그 약들이 타는 것을 보니 돈이 타는 것 같이 가슴이 쓰라렸다.

'그나저나 이 자식들은 왜 아직 안 오는 거야? 흑와 그 새끼 하나 처리하는데…….'

그때 한 무리의 무사들이 진세약방에 들이닥쳤다.

그들은 진세상단주를 호위하는 이들로, 잔뜩 굳은 표정이었다.

그것만 봐도 뭔가 문제가 생겼음을 알 수 있었다.

"방우 소단주님. 잠시 저희와 같이 가셔야겠습니다."

"무슨 일입니까?"

"상단주님께서 부르십니다."

.

.

.

방우는 긴장한 얼굴로 진세상단의 본단에 도착했다.

그가 부름을 받은 곳은 상단주가 공개적으로 일을 보는 세세전(世世殿)이다.

그곳에 들어서자, 진세상단의 행수들이 좌우로 서 있었다.

그리고 성인이 된 그의 이복형제들도 자리하고 있었다.

하지만, 그의 가장 큰 경쟁자인 큰형이 보이지 않았다.

그때였다.

저벅, 저벅, 저벅.

발소리와 함께, 병석에 누워 있어야 할 그의 아버지가

모습을 드러냈다.

그리고 그의 뒤에, 자리에 없던 큰형이 따르고 있었다.

상단주가 의자에 앉자 모두 그를 향해 고개를 숙였다.

"상단주님을 뵙습니다."

"그래, 이렇게 갑자기 모두를 불러서 미안하군."

"아닙니다."

와병 중이었음에도 상단주의 기세는 여전했다.

"내 오늘 이 자리를 마련한 건…… 방우의 소단주 자리를 계속 유지해야 하는지에 대해서 논의하고자 함일세."

"……!"

방우는 입술을 깨물었다.

오늘 하루 종일 깨물고 또 깨물었던 입술은 다 터져 있어, 쓰라렸다.

"아버지. 제 소단주 자리에 대해 논하신다니요? 저는 행수님들의 투표로 선출된 소단주입니다."

"네 말이 맞다. 하지만 그 소단주에게 문제가 있다면 얼마든지 바꿀 수도 있지."

"문제라니요? 저에게 무슨 문제가 있단 말입니까?"

그의 모르쇠에 혀를 차던 상단주가 말했다.

"증인을 데리고 와라."

"네!"

곧 상단주의 호위대 소속 무사들이 세 명의 이들을 데리고 왔다.

'저놈들이 왜……!'

흑와와 그의 호위무사들이다.

특히 호위무사들의 모습은 영 멀쩡하지 않았다.

얼굴 곳곳에 멍이 들어 있었고, 옷도 흙투성이인 데다가 곳곳이 찢어진 채였다.

그제야 방우는 일이 단단히 틀어졌음을 깨달았다.

상단주가 흑와에게 물었다.

"저 녀석이 너에게 뭘 요구했지?"

"그러니까……."

그의 입에서 방우가 배탈이 나는 약을 만들어 달라고 했음에 대해서 술술 나왔다.

그리고 그 목적에 대해서도.

'젠장! ×됐다.'

하지만 그는 포기하지 않고 재빨리 머리를 굴렸다.

"여기 두 무사는 방우 네 녀석의 호위무사라고 알고 있다. 그리고 네가 저자를 살해하여 입을 막으라고 명했음을 실토했다."

"아버지. 저는 억울합니다! 이는 모함입니다! 저는 저 흑와라는 자도 전혀 모르고, 그리고 저는 제 호위무사들에게 그런 명을 내린 적도 없습니다. 사실, 저들의 행실이 좋지 않아 제가 오늘 막 해고했습니다. 이에 원한을 품고 이런 짓을 저지른 듯합니다."

그 말에 호위무사들은 배신감 가득한 눈빛을 보냈다.

그간 방우를 호위하면서 그의 성정을 모르는 것은 아니었다.

하지만 그렇게 충성을 다했는데, 이렇게 헌신짝 버리듯 버릴 줄이야!

"방우야."

"네. 아버지."

"너는 저 독을 만드는 자를 전혀 모른다고 했지?"

"아! 네! 본 적도 없습니다."

"그런데 저자의 이름이 흑와라는 건 어찌 알았느냐?"

"……!"

"그리고 또 내가 들은 바에 의하면 진세약방에 배탈 났을 때 먹는 약을 잔뜩 만들라고 지시했다더구나. 그것도 네 사비를 털어 가면서 말이지."

"……."

"네가 그리한 이유는 하나뿐이다. 그게 손해가 아니라는 것을 알았기 때문이지."

"……."

그는 말문이 막히고 말았다.

주변 행수들의 표정이 보였다.

자신을 비웃고 경멸하는 표정.

그리고 저 앞에 서 있는 장남의 얼굴이 보였다.

얼마 전 투표 결과가 나왔을 때 애써 담담하던 그 얼굴이 지금은 미소 짓고 있었다.

승리의 미소다.

"진세상단의 상단주로서 선언한다. 지금 이 시간부로 방우의 소단주 직위를 박탈한다."

그 선언에 그는 눈을 질끈 감았다.

자신은, 끝났다.

* * *

진호 형의 혼례 다음 날.

나는 오늘도 아침부터 활기차게 수련을 시작했다.

"고생하셨습니다. 오늘 수련은 여기까지 하겠습니다."

"사부님의 가르침에 감사드립니다."

나는 포권하여 정중하게 고개를 숙였다.

"어제 늦게까지 연회에 참석해 계셨던 것 같은데……
피곤하지 않으십니까?"

사부님은 평온한 기색으로 천천히 고개를 저었다.

"전혀 피곤하지 않습니다."

하긴 그러니까 오늘도 나를 이렇게까지 몰아붙이셨겠지.

"사실 어제 일찍 자고 싶었지만, 하 표두의 말 상대를
해 주느라 늦게 잘 수밖에 없었습니다. 그와 말 상대를
해 줄 만한 사람이 저밖에 없어서 말입니다."

그렇겠지. 사부님보다 경력이 오래됐을 정도면 그만한
경력의 표두는 거의 없을 거다.

오히려 그에게 가르침을 받은 표두들이 훨씬 많겠지.

그러니 다른 이들은 하 표두를 부담스러워할 테고.

반면, 내 앞의 사부님은 설풍궁의 궁주님이시니까.

"다시 한번 감사드립니다. 국주님이 아니었다면 하 표사는

일찍 죽고, 하 표두는 상심하여 많이 힘들어했을 겁니다."

"그런 말씀 마세요. 모두 진호 형이 둘째 형수님을 은 애하는 마음에 하늘이 감동하여 일한 것뿐입니다."

"……알겠습니다. 그리 생각하겠습니다."

나는 빙긋 웃고는 조심스럽게 물었다.

"그런데, 혹시 둘째 형수님의 어머니가…… 북해빙궁의 제자입니까?"

"……."

잠시 망설이던 사부님께서는 고개를 끄덕이셨다.

그럼 내가 어제 본 그 여인이 진호 형의 장모님이 맞구나.

"어제 보신 모양입니다."

"네. 어? 어떻게 아셨습니까?"

"설풍궁의 심법을 익혀 절정의 경지에 오르면, 북해빙궁의 기운에 대하여 예민해집니다."

아…….

그래서 북해빙궁의 제자들의 기운이 유별나게 잘 느껴졌구나.

.

.

.

그날부터 우리 가족의 아침 식사에 함께하는 이가 한 명 늘었다.

바로 진호 형의 옆자리.

식사 시간은 연신 화기애애했다.

행복한 진호 형과 둘째 형수님을 보니 기분이 좋았다.

그렇게 아침 식사를 마치고 내 별당인 문곡당으로 돌아왔다.

"주군."

돌아오기 무섭게 서우 무사가 내게 다가왔다.

"드릴 말씀이 있습니다."

"네, 말씀하세요."

"어제 진세상단에서 회의가 열렸고, 방우 소단주가 소단주 직을 박탈당했습니다."

예상대로군.

어제 나는 방진 공자에게 서신을 보냈다.

흑와와 방우 소단주, 아니 이제 공자인 그가 보낸 호위 무사들을 선물로 보낸다는 내용이다.

그리고 방진 공자는 내 선물을 잘 버무려서 맛있는 요리를 만들어 냈다.

제법이네.

"새로운 소단주를 선출하기 위한 재투표도 곧 시행할 것 같습니다."

"그렇겠죠. 그 자리를 오래 비워 둘 수 없을 테니까요."

방진 공자가 무난히 그 자리를 차지하겠지.

원래 이전 삶에서도 방진 공자가 올랐던 자리니까.

그나저나 방우 공자가 이번에 사비를 제법 썼고, 또 약이 팔리지 않아 그 손해를 메우기 위해 남은 사비마저 탈탈 털은 걸로 아는데.

아이고, 이를 어쩌나.

속 좀 많이 쓰리겠네.

아침부터 속이 뻥 뚫리는 소식을 들었더니, 하루 종일 기분이 좋을 것 같다.

……라고 생각했는데.

저녁에 나를 찾아온 진호 형이 뜻밖의 말을 꺼냈다.

나는 잘못 들은 것이 아닌가 싶어 다시 물었다.

"응? 지금 뭐라고?"

"북해빙궁에 가고 싶다고 했어."

"갑자기 북해빙궁에는 왜?"

"장모님께 인사드려야지."

(은해상단 막내아들 11권에서 계속)